**EU SOU
UM SER
EMOCIONAL**

EU SOU UM SER EMOCIONAL

A VIDA SECRETA DAS GAROTAS AO REDOR DO MUNDO

Eve Ensler

Tradução de Marisa Motta

GRYPHUS

Rio de Janeiro

Copyright © 2010 by 16th Street Productions, Inc.
Foreword Copyright © 2010 Carol Gillian

Título original
I am an emotional creature – the secret life of girls around the world

Editoração Eletrônica
Rejane Megale

Revisão
Vera Villar

Capa
Alex Boulware e Julia Neiva (julianeiva.com)

Adequado ao novo acordo ortográfico da língua portuguesa

CIP-BRASIL. CATALOGAÇÃO-NA-FONTE
SINDICATO NACIONAL DOS EDITORES DE LIVROS, RJ
....
E52e

Ensler, Eve
　Eu sou um ser emocional : a vida secreta das garotas ao redor do mundo / Eve Ensler ; tradução Marisa Motta. - 1. ed. - Rio de Janeiro : Gryphus, 2015.
　174 p. : il. ; 21 cm.

　Tradução de: I am an emotional creature
　Inclui bibliografia
　ISBN 978-85-8311-049-1

　1. Ficção americana. 2. Mulheres - Condições sociais. I. Motta, Marisa. II. Título.

15-25762　　　　　　　　　　　　　　　　CDD: 813
　　　　　　　　　　　　　　　　　　　　CDU: 821.111(73)-3
....

GRYPHUS EDITORA
Rua Major Rubens Vaz 456 — Gávea — 22470-070
Rio de Janeiro — RJ — Tel.: (0XX21) 2533-2508 / 2533-0952
www.gryphus.com.br — e-mail: gryphus@gryphus.com.br

Para Colette e Charlotte

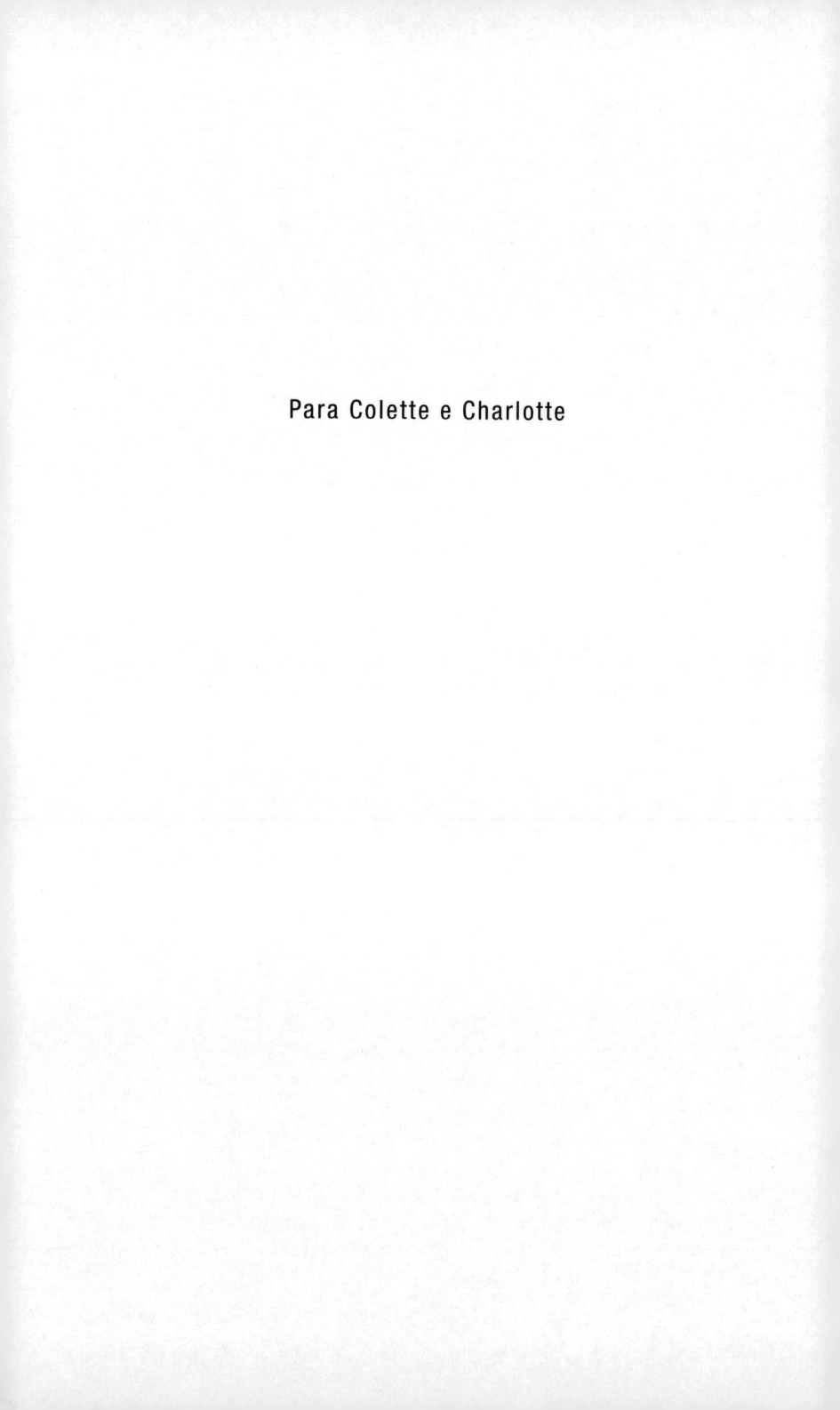

FATO

Seu pulmão esquerdo é menor do que o direito para que haja espaço para o coração.

NOTA DA AUTORA

Estes monólogos não são entrevistas. Cada monólogo é um texto literário inspirado em viagens ao redor do mundo, em observações de acontecimentos, em ouvidos atentos a conversas reais e imaginárias. Os monólogos inspiraram-se em um artigo, uma experiência, uma lembrança, um desejo, uma imagem ou em um momento de tristeza ou raiva.

PRÓLOGO

Carol Gilligan

Depois de romper um silêncio surpreendente ao incentivar as mulheres a falarem a palavra "vagina" em público, Eve Ensler escreveu um livro de monólogos voltado agora para adolescentes. A frase "Querido ser emocional" é, ao mesmo tempo, um grito do fundo do coração e um apelo à ação. Por ser mulher, ela conhece as pressões impostas às jovens para manter o silêncio, para agirem como se não tivessem sentimentos ou cujos sentimentos não fossem importantes, ou para agradar às pessoas que as cercam, mas não a si mesmas. A frase simples "Eu sou um ser emocional" é um desafio para as inúmeras maneiras pelas quais as adolescentes são vistas, mas não percebidas, são assuntos de conversas sem serem ouvidas, usadas, descartadas, violentadas, exploradas, mutiladas e até mesmo assassinadas. Assim como uma mulher reivindica o direito ao seu corpo, uma jovem que reivindica o direito de expressar suas emoções rompe o silêncio e libera uma quantidade enorme de energia pura, energia que pode ser fonte de inspiração para transformar e curar o mundo.

Além de fatos relacionados às jovens citadas neste livro, existe uma série de outros fatos que merecem ser analisados: ao longo da infância, as meninas são psicologicamente mais fortes e resistentes do que os garotos, menos sujeitas à depressão, menos propensas a terem problemas de aprendizado e de fala, menos tendentes a causar sofrimento a si mesmas e a outras pessoas. A iniciação à masculinidade dos meninos, que exige dissimulação de suas emoções, sacrificar o amor em nome da honra e inventar uma história imaginária a seu respeito, tem analogias com a iniciação de meninas à adolescência, na divisão entre mulheres boas e más, as adoradas e as desprezadas. No momento em que uma voz honesta começa a soar, ou dá a impressão de ser tola ou louca, as meninas são pressionadas a internalizar uma misoginia construída no contexto da estrutura do patriarcado e na supremacia masculina, na qual os papéis masculinos e femininos estão bem definidos. Em um movimento de reação, as mulheres criam a resistência que se torna uma parte inerente de sua natureza. Assim como em um corpo saudável, o psiquismo saudável resiste a doenças e, portanto, no momento de sua iniciação, as meninas adolescentes têm reações mais saudáveis e menos frágeis e, em consequência, têm um poder maior de expor seus sentimentos e opiniões e, ao expô-los, rompem o silêncio.

Lembro do dia em que visitei o Boston Museum of Fine Arts com um grupo de meninas de 11 a 12 anos. Estávamos passando uma semana juntas, para fazer exercícios de escrita e teatro, como parte de um projeto destinado a fortalecer-lhes a resistência saudável e a coragem. No vestiário do museu, quando as meninas estavam guardando as mochilas e capas de chuva, eu lhes disse que seríamos repórteres investigativas: tínhamos o compromisso de descobrir como era simbolizada a mulher no museu. "Nua", disse Emma, sem hesitar. Houve uma aprovação rápida e silenciosa do grupo. Mais tarde, quando pedi que escrevessem uma conversa com uma das mulheres do museu, Emma escolheu uma estátua grega, sem cabeça e braços, com a qual iniciou uma conversa formal e educada, mas com duas perguntas incisivas e reveladoras: "Você está com frio"? e "Quer algumas roupas"? A estátua respondeu: "Não tenho dinheiro". Emma então disse que conhecia um lugar onde doavam roupas: "É logo ali ao virar o corredor." Nesse momento, Emma e a estátua saíram do museu.

Os monólogos deste livro são roteiros para a capacidade de resistência de jovens adolescentes. Em viagens pelo mundo para divulgar o V-Day, o movimento que Eve criou para eliminar a violência contra mulheres e adolescentes, ela observou com atenção as jovens que encontrou. Fascinada pela energia elétrica que corria o risco de desaparecer, ela voltou o olhar de escritora e os ouvidos atentos para captar essa energia, transformando-a em peças nas quais as garotas atuariam. Esses monólogos inteligentes, engraçados, irreverentes e chocantes exprimem os sentimentos, sensações, medos e prazeres do universo dessas jovens. Vemos o prazer de uma garota ao usar uma minissaia com o vento batendo em suas pernas, o medo de estar gorda ou de ter fome, o terror de ter sido vendida como escrava sexual, o desejo de fugir de todas as pessoas que, de uma maneira ou outra, com ótimas ou péssimas intenções, negam ou reprimem sua natureza emocional.

Os dez anos que passei na companhia de meninas adolescentes, acompanhando-lhes o desenvolvimento, levando-as à praia e a museus, ocupando-me em escrever ou atuando em peças junto com elas, foram uma revelação. Os trechos do meu diário, nos quais anotei os prazeres descobertos e as perdas, descrevem as sensações viscerais daquela época:

Esta manhã embaixo do chuveiro, lembrei das segundas-feiras, da experiência intensa de prazer, ao ver as meninas na praia, seus corpos, sua liberdade. Corpos como pequenos peixes coloridos entrando e saindo rápido da água. Correndo na areia. Dançando e rodopiando. Lembrei do meu corpo quando eu tinha 11 anos e penetrei nele. Sem refletir, comecei a correr, livre e rápida como o vento.

. . .

> Encobrir a perda com palavras. Imprimir beleza ao vazio dilacerado da perda. Uma tristeza íntima e um sinal: não toque. Essas meninas me sensibilizaram tanto...Sentia-me à vontade na presença delas, falava sem hesitar, na descoberta da liberdade e do prazer que apreciava...A ausência desses momentos significa enfrentar a tristeza da perda...

A pesquisa realizada com jovens adolescentes trouxe-me lembranças do tempo perdido, do momento de liberdade antes da condição de mulher. O som das vozes das meninas, ao mesmo tempo familiares e surpreendentes, mostrou como eu e outras mulheres reescrevemos nossas histórias para conciliá-las a uma história que agora sei que é falsa. Assim como Anne Frank ao escrever seu diário, não compartilhei meu prazer com minha mãe. Assim como Tracy aos 13 anos, ouvi que uma voz honesta era "idiota". A exemplo de Iris aos 16 anos, tive medo "de dizer o que sentia e pensava, porque as pessoas se afastariam de mim, minha voz soaria alta demais". Assim como Iris, sabia que "precisava ter relacionamentos", mas ao mesmo tempo sabia que os relacionamentos mantidos sem intimidade e diálogo não eram uma relação de amizade genuína.

Eu sou um ser emocional é um livro escrito para jovens. Como disse Eve, é um livro que "questiona a condição feminina sem conotação de prazer". É também um apelo para que as jovens não ignorem umas as outras nem a si mesmas. A democracia é o oposto do patriarcado, enraizada na livre expressão e não na violência, uma democracia aprimorada por meio de nossos relacionamentos. Esses monólogos, lidos em silêncio ou interpretados no palco, têm o objetivo de recuperar o que temos de melhor em nossa essência.

Eles serão a luz que iluminará nosso nevoeiro, sem custos e poluição, uma fonte de energia à espera de ser liberada. Para entender as forças que impedem sua liberdade é preciso ter consciência de como somos prisioneiras de histórias falsas, histórias sobre homens e mulheres que ignoram o fato de que, por sermos humanos, somos todos seres emocionais.

SUMÁRIO

Prólogo de Carol Gilligan   XI

Introdução: Querido ser emocional   XXI

Parte I

O que significa ser uma adolescente em 2015   3

Deixem-me entrar   10

Por que você não gosta de ser uma adolescente?   16

FATO: TRÊS ADULTOS EM QUEM CONFIAR

Garotos antissociais   18

O que eu gostaria de dizer à minha mãe   21

FATO: ABSTINÊNCIA/GRAVIDEZ NA ADOLESCÊNCIA

Não é um bebê, mas talvez seja   23

O que é ser uma garota bem comportada?   27

FATO: MUTILAÇÃO GENITAL FEMININA (MGF)

Não   29

Você preferiria (I)   32

Louca por Stephanie   35

FATO: ESPORTE

A bola na cesta   38

Sophie e Apolline, ou por que as garotas francesas fumam   43

Coisas que ouço falar sobre sexo   49

Eu danço (I)   51

Parte II

Eu construo tudo com pedra   57

FATO: A PERDA DE UM BRAÇO/ANOREXIA

O blog da fome   61

As piadas sobre meu nariz   65

Você preferiria (II)   69

FATO: AGRESSÃO DE PARCEIROS

Querida Rihana   72

FATO: AS VÍTIMAS DO TRÁFICO DE ESCRAVAS SEXUAIS

Eu só tenho 35 minutos antes que ele venha me procurar   76

FATO: O PASSADO DA BARBIE

A Barbie livre   82

Céu, céu, céu   87

O muro   93

FATO: CRIANÇAS SOLDADOS

Um guia de sobrevivência de uma adolescente à escravidão sexual   97

Eu danço (II)   102

Parte III

As contestadoras   107

FATO: TRABALHO INFANTIL

Por que você gosta de ser uma garota?   114

Como fazer uma pergunta   115

Você preferiria (III)   119

Coisas de que eu gosto em meu corpo   122

Minha minissaia   123

Coisas que nos dão prazer   126

FATO: MENOS DE UM DÓLAR POR DIA

Cinco vacas e um bezerro   129

Eu sou um ser emocional   134

Eu danço (III)   138

Epílogo: Manifesto às mulheres jovens e às adolescentes   141

Agradecimentos   145

Fatos   147

INTRODUÇÃO

Querido ser emocional,

Você conhece a essência de suas características, sentimentos, inclinações. Escrevi este livro porque acredito em você. Acredito em sua autenticidade, singularidade, intensidade, impetuosidade e espírito de contestação. Adoro quando pinta o cabelo de vermelho-escuro, usa uma minissaia, ou ouve uma música enquanto decora sua letra. Adoro sua inquietude e fome. Você é uma das maiores fontes naturais do mundo. Você tem um potencial e uma energia que, se forem liberados, poderão transformar, inspirar e curar o mundo.

Sei que os adultos fazem os adolescentes se sentirem idiotas, como se a adolescência fosse um período de desequilíbrio mental. Os adultos são acusados de reprimi-los, julgá-los, de não lhes darem importância e de forçá-los, às vezes, a traírem o que veem, conhecem e sentem.

Vocês, garotas adolescentes, nos assustam, porque lembram tudo a que fomos obrigadas a renunciar para não sermos marginalizadas como jovens rebeldes e inadaptadas. Vocês questionam nossos valores, a percepção do mundo, e instigam nosso questionamento. Às vezes, as pessoas mais velhas dão conselhos para protegê-las, mas, na verdade, estão se protegendo de seus sentimentos de traição e perda impostos a si mesmas.

As pessoas inspiram-se de certa forma em modelos, a mãe, o pai, professores, líderes religiosos, políticos, namorados ou namoradas, gurus da moda e celebridades. Descobri durante a pesquisa deste livro uma estatística desconcertante: 74% do que dizemos são influenciados pela pressão em agradar e ser aceito pela sociedade.

Refleti muito sobre o significado de querer agradar. Agradar, incorporar o desejo ou a vontade de outra pessoa. Para agradar às normas da moda, privamo-nos de nossa verdade. Para agradar aos garotos, aventuramo-nos em caminhos para os quais não estamos ainda preparadas. No esforço de agradar às garotas que fazem sucesso em nosso grupo, tornamo-nos suas melhores amigas. Com o objetivo de agradar aos pais, tentamos nos superar a qualquer preço. Mas como conciliar essa ânsia de ser aceita e amada com as próprias necessidades? Será que tem consciência do que precisa? Por que nega a si mesma para agradar aos outros? Acho que o ato de agradar torna tudo sombrio e nebuloso. Perdemos o rumo, não mais dizemos frases afirmativas. Paramos de dirigir nossas vidas. Ficamos à espera de sermos salvas. Esquecemos quem somos. O mundo passa a ser cor-de-rosa em vez de real.

Tive a sorte de viajar pelo mundo. Conheci meninas adolescentes, grupos de garotas e jovens caminhando pelas estradas de volta à casa depois da escola, passeando de braços dados com amigas nas esquinas das ruas, rindo, sorrindo, gritando. Jovens elétricas. Vi como as vidas dessas meninas foram sufocadas, como as opiniões e desejos foram negados ou não se realizaram. Vi como essa repressão teve uma influência fundamental em suas vidas adultas. Muitas mulheres que conheci quando escrevi *Monólogos da vagina* e *The Good Body*, e nos eventos do V-Day, ainda estavam tentando superar tudo que havia sido reprimido, silenciado ou frustrado quando eram jovens. Já adultas elas lutavam para descobrir seus desejos, seu poder e o caminho a seguir.

Este livro questiona a condição feminina, sem conotação de prazer. É uma provocação, um desafio para satisfazer sua imaginação e desejo. Para que você se conheça de fato, seja responsável por quem você é e para que assuma um compromisso em relação à sua vida. Este livro é um apelo para que você ouça sua voz interna que quer algo diferente, que escuta, conhece, como só você escuta e conhece. É um apelo ao seu eu original, ao seu ser emocional, para que se movimente de acordo com sua velocidade, com seus passos, e para que use a cor de que goste. É um convite para seguir seu instinto e, assim, poderá resistir à guerra, atrair serpentes ou falar com as estrelas.

Espero que veja este livro como algo vivo, que poderá usar para ajudá-la a se conhecer melhor e superar os obstáculos, que impedem que seja um ser emocional em sua plenitude. É possível que, depois da leitura dessas histórias e dos monólogos, sinta vontade de escrever ou compartilhar suas experiências com alguém, pintar a parede de seu quarto, caçar ursos polares, falar na sala de aula, estudar a sexualidade ou exigir seus direitos.

Quando eu tinha sua idade, não sabia como vivenciar meu ser emocional. Sentia-me uma alienada. Esse sentimento de alienação ainda me persegue. Não acho que tenha uma grande analogia com o país onde fui educada ou a língua que falo. Neste livro relato histórias de adolescentes de diversos lugares do mundo. Algumas vivem em vilarejos longínquos, outras em grandes cidades ou em bairros elegantes. Algumas estão preocupadas se conseguirão comprar o último modelo das botas UGG, outras se voltarão para casa depois de dois anos mantidas como escravas sexuais. Algumas estão indecisas se serão capazes de matar um suposto inimigo, ou se suicidarem, umas desesperadas à espera da próxima refeição, outras incapazes de parar de fazer dietas radicais. Jovens do Cairo, Kwai Yong, Sófia, Ramallah, Bukavu, Narok, Westchester, Jerusalém, Manhattan, Paris. Todas elas, assim como você, vivem neste planeta. Penso que qualquer que seja o país, cidade ou vilarejo onde more, você vive em uma paisagem emocional semelhante à de outras jovens. Somos todas originárias do mundo das adolescentes. Lá, nascemos com essa sensação de estarmos vivas, abertas a vivenciar esse mundo, experimentá-lo, conhecê-lo, desafiá-lo. Mas os "adultos" impõem-nos suas regras e princípios. Eles nos ensinam a sermos mais comedidas, porque assim as pessoas se sentirão mais confortáveis em nossa presença. Eles ensinam a não nos rebelarmos, e sim a nos comportarmos.

Já estou bem mais velha. Por fim, sei a diferença entre agradar e amar, obedecer e respeitar. Demorei muitos anos para aceitar o fato de que sou diferente, uma pessoa cheia de vida e intensa. Espero que você não precise esperar tanto tempo.

                          Com carinho,
                          Eve

Parte I

O QUE SIGNIFICA SER UMA GAROTA EM 2015

Perguntas, dúvidas, ambiguidades e divergências
de certa forma afastaram-se da masculinidade.
Maníacos autoritários são
primeiros-ministros, tzares e presidentes.
Cada um deles é mais íntegro do que o próximo.
Cada cidade bombardeada e
cada ser humano assassinado
é feito com propósitos "humanitários".

A água dos vilarejos não pertence aos moradores,
nem, é claro, os diamantes e o ouro das jazidas.
Milhões de pessoas aproveitam o lixo e a poeira
para terem o que comer,
enquanto os empresários russos e as estrelas de cinema
compram casas de 500 milhões de euros na Côte d'Azur.

As abelhas pararam de produzir mel.
As pessoas estão fazendo prospecções em lugares errados.

Os Estados Unidos, a Rússia, o Canadá, a Dinamarca e a
Noruega reivindicam a posse da região do Ártico,
mas nenhum desses países preocupa-se com o afogamento
dos ursos polares.

Não temos mais privacidade quanto às nossas impressões
digitais, fotografias, carteiras de motorista e arcada dentária.
O Big Brother invadiu celulares, *smartphones* e computadores.
Mas ninguém se sente mais seguro com essa vigilância.
Os adeptos da Nova Era de saúde mental
foram torturadores da guerra com barbas.
E o ex-papa com a batina de punhos de arminho
diz que os beijos das pessoas que se amam
são um dos piores males da humanidade.
Uma mulher que concorreu à vice-presidência dos Estados
Unidos acredita em criacionismo
e não em aquecimento global.

Por que as pessoas têm mais medo de sexo
do que de mísseis Scud?
E quem decidiu que Deus não teve prazer?
E se uma família heterossexual é tão valorizada,
porque as pessoas a evitam?
Ou gastam seu seguro de vida para ficarem sentadas em uma
sala com um estranho e se lamentando disso?

A guerra no Iraque custou quase US$3 trilhões.
Não consigo avaliar o que significa concretamente

essa quantia tão grande,
mas sei que esse dinheiro poderia
deveria
erradicar a pobreza do mundo em geral
e teria eliminado o terrorismo.
Como é possível ter dinheiro para matar,
mas não para alimentar ou curar pessoas?
Como é possível ter dinheiro para destruir,
mas não para promover a arte e construir escolas?

Agora, os fundamentalistas têm exércitos privados
de 1 bilhão de dólares.
O Talibã voltou à cena,
na verdade sempre esteve presente.
As mulheres são queimadas, violentadas, ameaçadas, vendidas,
passam fome e são enterradas vivas,
no entanto, ainda não sabem que são a maioria.

A água está cada vez mais escassa,
mas mesmo no deserto onde as secas são seriíssimas,
os gramados dos campos de golfe são de um verde luxuriante
e as piscinas continuam cheias de água para alguns ricos, que
talvez decidam usá-las.

Algumas pessoas especiais adotam bebês escolhidos com
cuidado em lugares distantes.
Sua passagem aérea custa mais caro
do que o que os pais dessas crianças ganham o ano inteiro.

Então, por que eles não lhes dão esse dinheiro?
A escravidão retornou, mas, na realidade,
nunca foi eliminada.
Pergunte a alguém que tenha sido chicoteado
qual foi a marca profunda que ficou.
Seis milhões de pessoas morreram no Congo,
mas este fato não foi noticiado,
em razão da questão racial e dos minerais.

Os pobres estão morrendo
Por causa de furacões
Vergonha
Tsunamis
Radiação
Poluição
Enchentes
E negligência.
Já as pessoas ricas
instalam portões eletrificados imponentes
em suas cidades particulares perfeitas.

Todas as pessoas que usufruem de "benefícios"
dão festas à fantasia,
com roupas irreverentes e, assim,
as pessoas ricas sentem-se bem ao dar
um pouco do muito que têm.
Mas ninguém quer mudar nada.
Mudança exige renúncia.

E os que têm não renunciam e,
então, quem promoveria a mudança?
E como isso é muito complexo
assinam cheques
e continuam a agir como de hábito.
Vendendo a mudança e
tornando as revoluções rentáveis.
De qualquer modo, as empresas são donas de tudo,
até mesmo de nossos *jeans hippies*, dos cartões de memória
dos celulares e da chuva.
Por que tantas mulheres que ocupam cargos de liderança
parecem com Margaret Thatcher
e agem ainda com mais rigor?
Por que ninguém tem memória?
Por que as pessoas ricas e cruéis
recebem tanto dinheiro para fazerem discursos,
enquanto as pessoas perversas e pobres
são torturadas e aprisionadas?
Existe alguém responsável pelo *modus vivendi* atual?
Ou tudo irá girar até explodir ou se dissolver?
E, se existe algo que podemos fazer,
por que ficamos passivos?
O que aconteceu com a fúria?
O que aconteceu com a precisão ou com a responsabilidade?
O que aconteceu a não se exibir riqueza?
E com a gentileza?
O que aconteceria se os adolescentes se rebelassem,
em vez de comprarem e venderem?

O que aconteceu com o beijo dos adolescentes,
que agora escrevem *blogs* e insultos?
O que aconteceu com os adolescentes se manifestando e
protestando ao invés de explorando e manipulando?

Eu quero tocá-la em tempo real
e não encontrá-la no YouTube,
quero caminhar ao seu lado nas montanhas,
em vez de conversar no Facebook.
Diga alguma coisa em que eu possa acreditar,
que não seja a marca de um produto.

Estou sozinha
e com medo.
Garotas mais jovens do eu estão fazendo sexo oral
nas salas de reunião dos colégios,
mas nem sabem que isso é sexo.
Elas só querem ser populares e respeitadas.
A maioria das garotas da minha idade toma pílula anticoncepcional,
ou recusa-se a sair da cama e a comer
ou fazem cirurgia plástica no nariz e colocam implantes
ou ferem-se para chamar atenção, conectam-se o tempo inteiro
no Twitter
ou se escondem
ou desesperam-se para descobrir uma maneira
de ficarem acordadas sem fingir,
de estarem vivas sem perder o controle,
de serem sérias, verdadeiras,

de se apaixonarem por alguém,
embora estejamos condenados.

Diga-me o que significa ser uma garota em 2015

Eu diria vamos conversar sobre o assunto,
mesmo se tudo estiver desabando.
Vamos lutar para mudar o que está errado.
Não existirá nada a que se apegar,
se tudo estiver perdido.
Esse é o legado deles. É horrível, mas é verdade.
Só você e eu.

DEIXEM-ME ENTRAR

Subúrbio, EUA

Detesto quando se comportam deste jeito.
"Sente. Cale a boca. Pare de me envergonhar. Por favor!"
Não se preocupe!
Eu não falei isso em voz alta. Claro. Só pensei. Elas são minhas amigas...suponho.
"Pare. Você é tão imatura."
Detesto quando essas pessoas olham para mim.
Não como elas. Estão sempre se exibindo. Não são tão seguras de si quando estão sozinhas. Mas em grupo ficam insuportáveis.
Não há nada a fazer. Não suporto mais isso. Estou sempre com uma garota vestida de Marc Jacobs, ou com uma outra roupa Juicy Couture atrás de mim.
Julie chegou.
— Oi, oi. Beijos.
Ela me odeia. Eu a vi um dia olhando com um ar de superioridade para minhas botas. Na hora, quis que meus pés fossem folhas, que voassem para bem longe. Comprei as botas de montaria de couro

marrom, como você me aconselhou. Apesar de ser alérgica a cavalos e não ter dinheiro. Ou, melhor, minha mãe não tem. Ela é secretária *freelance* e às vezes passa semanas sem trabalho. Fiquei histérica na loja, tive um ataque de ansiedade tão horrível que minha mãe ficou envergonhada e pagou as botas.

Mas as botas ficaram fora de moda logo depois. Julie disse que botas de montaria são pré-Britney. Agora a moda são as botas UGGs vermelho-escuras. Minha mãe nem pensaria em comprá-las. Está sempre prejudicando minha posição. Ela é culpada por eu ter chegado ao limite. Detesto minha mãe e odeio ainda mais as botas incômodas de montaria. Para ser sincera, não gostei desde o início. Agora pareço uma garota idiota sem um pônei para montar.

Oh Deus, Julie não para de falar.

"Cale a boca. Comprei os brincos de argola como você havia dito e... Pare de me examinar desse jeito."

Não se preocupe. Não falei em voz alta. Só pensei. Elas são minhas amigas... suponho.

Agora Julie sente um ódio mortal por mim. Tudo aconteceu ontem. Eu fui a culpada. Por acaso fui gentil com Wendy Apple na frente delas. Esqueci e abracei-a. Devo ter ficado maluca, porque Wendy é tão estranha. Tem um cabelo desgrenhado, vive com a família em uma casa feia e tem um riso idiota. Não há nada a fazer, mas ela não se importa. Na verdade, eu gosto de Wendy. Eu a admiro. Ela é bem sarcástica e desenha imagens esquisitas de anjos indecentes, que parecem cair de algum lugar do espaço. Mas é uma imagem familiar.

Julie disse que Wendy era diferente de nós. Bem, *delas*. Quando Julie me viu abraçando Wendy, olhou para o grupo com os olhos arregalados, como se eu estivesse maluca ou fosse um ser patético e, em seguida, virou as costas para mim. As outras também. Como se fossem dançarinas, que imitam os movimentos dos bailarinos principais.

Então fiquei furiosa com Wendy. Eu lhe dei um pequeno empurrão, virei a cabeça e disse que ficasse longe de mim. Ela olhou para mim chocada, como se eu fosse um alienígena. Depois começou a chorar. Eu me senti tão mal com a reação dela, porque gosto muito de Wendy. Mas com isso Julie começou a gostar de mim de novo. Mais tarde, Julie me deu um batom brilhante, igual ao de Beyoncé na entrega dos prêmios da MTV. Julie só havia usado o batom durante duas semanas.

Mas ela é desconfiada, assim como as outras. A palavra de ordem é: vamos excluí-la do grupo. Tudo por causa das botas feias e dos meus seios. Bem, na verdade a falta deles. Julie tem seios grandes e, por isso, os rapazes mais bonitos querem sair com ela. Julie e Bree dominam o grupo. Estão sempre juntas, até quando vão ao banheiro. Eu já vi. Elas estavam rindo alto e pensamos se éramos o motivo do riso. Wendy havia dito que elas usavam sutiãs com enchimento, mas como os garotos não conheciam esse truque admiravam seus seios grandes. Mas Julie é muito bonita e bem magra. Sua barriga é tão reta como a de Gwen Stefani e tem um sorriso como se dissesse "o que posso fazer se ele é perfeito". O cabelo de Bree é um pouco crespo, mas tem seios perfeitos e uma voz tão bonita como a de Miley. Não precisa fingir, é um dom natural. Bree me convidou para fazer parte do grupo, porque eu a ajudara na prova de história. Agora tinha um arrependimento profundo. Eu estava contaminando o grupo com meu vírus de uma pessoa fracassada. O vírus espalha-se com tanta rapidez que, assim que é contaminada, você se transforma em um ser morto e feio.

Oh Deus! Olhem para elas. Não conseguem ir sozinhas às máquinas de vendas automáticas. Será que são felizes?

Eu não deveria estar contando essas coisas. É uma quebra de confiabilidade. Totalmente ilegal. Assinamos um documento em que concordamos com as regras do grupo, com a mesma frieza dos assessores de Angelina Jolie ao assinarem contratos.

Mas às vezes eu gostaria de dizer:

"Cresçam. Sejam verdadeiras. Parem de fingir. Deixem-me em paz."

Não se preocupe, eu não falei em voz alta. Só pensei. Elas são minhas amigas... suponho.

Mas o motivo de elas odiarem tanto Wendy Apple era o fato de ela ter sido membro do grupo, com mais ascendência do que Bree. Ela poderia ter sido igual a Julie. Mas Wendy teve uma atitude revolucionária e não quis mais participar do grupo. Disse que era uma bobagem. E contou para todos os nossos colegas os segredos das garotas do grupo. Agora, mesmo as meninas mais feias e gordas sabiam que usavam sutiãs com enchimento. Julie e Bree tentaram processá-la. Mas o acordo do grupo não tinha valor legal no tribunal de escolas de ensino médio.

Não acredito. Julie e Bree faziam tudo para agradar Amber, porque Julie estava saindo com o irmão mais velho de Amber. Como Amber tinha incentivado o namoro, Julie agora a adorava. Acho que Amber deveria ter vergonha de aceitar as bajulações de Julie. Há duas semanas Julie e Bree humilharam-na no vestiário, o grupo fez um círculo ao seu redor quando estava no chuveiro e rimos do seu corpo.

Wendy escreveu um bilhete para mim no terceiro período letivo, dizendo que não estava com pena de si mesma. Sentia, sim, pena de mim, porque eu tinha começado tão bem e agora estava tão desesperada. Mas não sou engraçada como Wendy nem talentosa. Estou tragicamente no meio. Sem nenhuma característica marcante. Não tenho nada de especial... mas elas.

Espere um minuto. Não tem mais espaço na mesa. Tiffany havia dito que chegaria primeiro e guardaria um lugar para mim. Mas Tiffany estava sentada entre Julie e Bree.

Olhe minhas botas ridículas. E meu cabelo, detesto meu cabelo. Minha mãe não consegue nem mesmo trabalhar como digitadora. Eu sou uma criatura patética e tão banal.

"Por favor, não façam isso. Abram um espaço para eu sentar. Tiffany, por que você não guardou meu lugar? Tiffany, para de fingir que eu não estou aqui. Oh, Julie está fazendo uma trança em seu cabelo. Então agora você é amiga de Julie. Tiffany! Tiffany, vire para mim! Estou aqui. Não estou morta. O quê? O quê?"

Bree está incentivando-as a me expulsar do grupo.

"Não faça isso. Bree, você lembra que eu a ajudei na prova de história? Eu me arrisquei muito quando lhe dei as respostas. Escute. Eu não gosto dessas botas de montaria. Comprei as botas para agradá-las. Sei que são muito generosas por me deixarem participar do grupo, porque eu sou tão insignificante. Sei que não tenho seios. Vou comprar as botas UGGs. Prometo. Não serei simpática com pessoas que vocês detestam. Faço qualquer coisa que quiserem. Por favor. Deixem eu sentar no banco. Não me excluam do grupo. Por favor!!"

Elas estão me olhando. Acho que estou aos gritos. É na cafeteria e não em meus pensamentos.

"Deixem eu sentar. Abram espaço no banco."

(*Ataque de raiva*)

"Eu não posso fazer isso, Julie. Não suporto mais essa pressão. Nunca serei convidada. Nunca vou conseguir um namorado. Meu cabelo é oleoso, emaranhado e feio. Não tenho seios. Sou uma merdinha horrorosa. Deixem-me fazer parte do grupo. Por favor."

(*Ela desmaia.*)

(*Recupera-se.*)

Acordei na casa de Wendy. O cheiro do incenso parecia o de uma fruta. Maçã, talvez. Certo, o sobrenome de Wendy. Wendy Apple. Não lembro como cheguei à sua casa. Wendy estava sentada ao lado da cama, fazendo um desenho, como se eu fosse um anjo em transição. Wendy contou que eu havia tido uma crise nervosa e desmaiara. E que foi horrível. Mas que eu tive sorte de ter acontecido ainda tão jovem. Disse ainda que seria minha amiga, se eu não insistisse mais em ser popular. Existem pessoas, disse, que não se adaptam tão bem como outras ao meio em que vivem e que eu vou gostar de conviver com elas. E que existia outro mundo com a porta aberta por onde ela me ajudaria a entrar.

Wendy riu alto demais. Eu queria ser bonita. Wendy é incrivelmente gentil. Eu queria ser magra. Wendy está do outro lado. E eu não sou ninguém. Wendy está ao meu lado na cama, desenhando meu retrato.

POR QUE VOCÊ NÃO GOSTA DE SER UMA ADOLESCENTE?

As adolescentes não controlam nada,
enquanto os garotos são livres para fazerem o que quiserem.
Todos adoram meu irmão.
Mas me ignoram.
Meus seios, as pessoas comentam a respeito dos meus seios,
as pessoas pensam que você não pode fazer nada.
Tudo mudou com meus seios,
sangue, cólicas durante sete dias,
e as pessoas pensam que somos fracas.
Uma adolescente pode ficar grávida.
Você tem de se pentear,
fazer depilação,
lavar e passar roupas,
além da possibilidade de ser violentada.
As mulheres precisam cuidar dos maridos e dos filhos.
As mulheres não podem trabalhar,
mesmo que tenham estudado.

FATO

Uma em cada cinco meninas do ensino médio nos Estados Unidos diz que não conhece três adultos em quem confiar ou a quem pedir ajuda, se tiver um problema.

GAROTOS ANTISSOCIAIS

Nova York, Nova York

Eu gosto de garotos antissociais
É o perigo que me atrai
Eles estudam em internatos
São pessoas que transgridem as regras convencionais da vida
em sociedade,
Assim como eu
Temos problemas
Mas sei dissimulá-los melhor
Eu me corto
Tentando descobrir algo que eu faça bem
Meu pai é um homem muito bem-sucedido
Não correspondi às expectativas da família
Sou um fracasso
Minha mãe quer uma família perfeita
Mas eu não acredito em perfeição
A perfeição no mundo de minha mãe significa:
Ser a melhor aluna na escola

Magérrima
Inteligente e feliz
Ser exemplar em tudo que faz
Não sei quem eu sou
Ao me cortar
Tento controlar tudo que desabava sobre mim
É uma espécie de libertação

Dei um poema à minha mãe
E ela me levou a um psicanalista
O psicanalista
Me deu um elástico
para colocar no pulso
Ao invés de cortar os pulsos, eu me belisco

Minha mãe quer que eu seja uma modelo
Ela me pesa todos os dias
E se pesa duas vezes por dia
Sua irmã mais velha era modelo
e minha mãe era gorda
Minha mãe começou a controlar meu peso desde
que eu estava no primeiro ano do ensino médio,
apesar de eu ter dito que não quero ser modelo
Mas ela disse que eu precisava emagrecer,
então comecei a vomitar para que ela me deixasse em paz.
Minhas melhores amigas tomam ritalina para emagrecer.
Todas fingem que têm a síndrome do déficit de atenção e
hiperatividade (TDAH) e, por isso, tomam o remédio.

Por esse motivo, têm mais tempo para fazer as provas
e são aceitas nas melhores faculdades do país.
Eu não tenho ninguém no mundo
Características da minha personalidade que minha mãe insiste
em mudar:
Sou desorganizada
Uso botas enormes em pleno verão
Uso roupas *vintage* surradas
Ouço músicas estranhas alto demais
Sinto empatia por Sylvia Plath
Eu corto meu cabelo
Pico minha franja
Minha mãe fica furiosa,
   porque quer que eu vista suéteres de Ralph Lauren

Meu namorado está com problemas
Ele tem um *blog*
Ontem ficou de castigo no quarto e revoltado
Pintou uma bomba na parede com tinta *spray*
Seus pais divorciaram-se
Ele detesta o novo apartamento
Está muito zangado porque o pai abandonou a mãe
Zangado com o lugar horrível em que estão morando
Ele não é bonito, mas é tão problemático quanto eu.

O QUE EU GOSTARIA DE DIZER À MINHA MÃE

Eu não a conheço
Estou grávida
Escute o que eu digo
Sou lésbica, mas não sou o diabo
Você pode confiar em mim
Sei que está infeliz
Não quero me preocupar o tempo todo com você
Você gosta de sexo?
Você faz sexo o suficiente?
Por que você detesta seu corpo?
Não leia meu diário
Leia meu diário
Você acha que eu sou inteligente?
Por que você nunca me disse que achava?
Você é meu ídolo,
Queria que você gostasse do meu pai
Sinto falta dele
Gostaria que você fosse feliz.

FATO

Apesar de anos de pesquisa nesta área, não existem provas até o momento de que a abstinência adie a atividade sexual na adolescência. Só a educação orienta os jovens. Além disso, pesquisas recentes indicaram que os adolescentes sexualmente ativos, em geral, não têm a precaução de usar contraceptivos, o que aumenta o risco de uma gravidez indesejável ou de doenças sexualmente transmissíveis.

Seis dentre dez adolescentes americanas têm relações sexuais antes de terminarem o ensino médio, e dessas garotas 730 mil ficam grávidas.

NÃO É UM BEBÊ, MAS TALVEZ SEJA

(*Uma adolescente chupando o dedo polegar*)
Meu namorado me pediu que eu parasse de chupar meu dedo polegar.
Ele disse que é esquisito e faz com que eu pareça um bebê.
Nunca pensei no que seria ter um bebê.
Foi tudo tão rápido
e não me entusiasma.
Também não é desagradável.
Mas ele/Carlos parou
no momento em que eu iria ter um orgasmo.
Sei que não deveria estar fazendo isso.
Eu estava praticando abstinência,
mas na verdade não sei como aplicar isso.
Porque quando começam os beijos....

Estou tão cansada.
Minha mãe acha que estou tomando drogas.
Nunca poderia lhe contar a verdade.
Ela é supercatólica.

Às vezes penso que é um nova amiguinha
e que poderíamos conversar
e talvez mais tarde ela pudesse me ajudar.
Mas, na verdade, tudo isso está muito distante
e agora eu não tenho nem emprego
nem ideia do que fazer.

Eu não a estaria agredindo nem nada parecido.
Só iria tirá-la do meu corpo.
Não vou machucá-la,
só vou colocá-la em outro lugar.
Na realidade, ela não é uma pessoa,
e sim um problema
que está ficando cada vez maior.

Minha amiga Juicy me aconselhou a fazer a coisa certa.
Imagine, disse, se sua mãe tivesse feito isso com você.
Mas, assim, eu não teria um problema crescendo dentro de mim
nem a vontade de me matar.

Eu gosto do colégio.
Quero ser uma pessoa importante.
Eu disse a Juicy, ela não é um bebê.
Talvez seja.

Sonhei na noite passada que eu a havia tirado do corpo
para olhá-la.
Era uma gracinha e do tamanho da minha unha polegar.

Ela parecia com os adesivos que coloco na minha agenda
com um rosto sorridente.
Tentei colocá-la de volta no corpo,
mas a enfermeira estava lá.
Ela parecia com a J. Lo,
mas com o cabelo horrível
como o meu.
Ela foi muito antipática e me disse
que era tarde demais
e que eu não deveria ter tirado o bebê do meu corpo.
Talvez quisesse dizer que o bebê estava morto.
Fiquei triste, mas,
ao mesmo tempo, aliviada.
Isto é, queria conhecer o bebê.
Acho que teria o rosto parecido com o meu.
Espero que ela não tenha o meu cabelo e as minhas coxas.

Eu conheço pouco o Carlos.
Ele se veste bem
e conhece todas as músicas dos *rappers*.
Mas talvez tivesse casos de loucura na família
e, por isso, poderia enlouquecer mais tarde.
Então, eu teria de passar minha vida inteira
cuidando dele ou preocupada que fosse preso,
ou pagando aluguel, enquanto ele comia, sem se importar
com o mundo ao seu redor, Big Macs o dia inteiro.

Minha mãe diz que vamos para o inferno
se provocarmos a morte de um ser humano.
Mas já estou no inferno.
Nem sei se gosto de bebês.
Gosto de roupas de bebê.
São macias e os sapatinhos e bonés são fofos.
Eu a vestiria com roupas lindas,
mas ela começaria a chorar sem parar
e eu não gosto de choro de criança.

O QUE É SER UMA GAROTA BEM COMPORTADA?

Ela não conversa com garotos
Tem princípios morais
Diz a verdade mesmo quando irrita as pessoas
É respeitosa
Não discute
Educada
Quieta
Faz sempre o dever de casa
Tem um comportamento impecável
Obedece aos pais, mesmo quando não concorda
Vai à missa todos os domingos
Não viaja nos fins de semana
Sua curiosidade limita-se ao que lhe foi ensinado
Faz perguntas mesmo quando sabe as respostas.

FATO

Na África, cerca de 3 milhões de adolescentes por ano correm o risco de mutilação genital feminina, ou seja, mais de 8 mil por dia.

NÃO

Cairo, Egito

Não olhe pela janela
Não converse com outras meninas
Não saia
Não use calças apertadas demais
Não use calça comprida
Meu pai me expulsou de casa
Mas minha mãe impediu
Não grite
Não fale
Limpe. Esfregue. Arrume.
Não espere elogios
Não ande à toa pelos lugares
Não saia
Não se encontre com Rania
O irmão de Rania quis pedi-la em casamento
Não converse com garotas, enquanto estiver vendendo biscoitos
Não demore a voltar para casa

Não diga não
Chegou o momento de ficar noiva
Não fique na varanda
Não frequente os cursos da *Association for Development and Enhancement of Women (ADEW)*
Não demore na farmácia
mesmo se estiver doente
Não converse com amigos
Não se assuste é uma visita banal
Não reaja ao corte da lâmina
Acorde
Não grite, é preciso cortar seu órgão genital
Não procure por ele
Ele a teria enlouquecido
e a faria perder o controle.

Meu pai detesta meninas
Ele sempre diz que costuma enterrá-las
assim que nascem
Não têm nenhum valor
Nenhuma personalidade
Esta não é sua casa
Não saia de casa
Limpe. Esfregue. Arrume.
Não imagine mais do que deveria
Não fique exposta na varanda
Não perca a virgindade
Não olhe pela janela

Minha mãe impede que eu saia de casa
Meu pai me expulsa
Meu irmão me bate
O médico me mutila
Não. Não.
Eu quero saber ler
para ler o Alcorão
ler os letreiros nas ruas
ver os números dos ônibus
que terei de pegar
no dia em que sair de casa.

VOCÊ PREFERIRIA (I)

(*Em um lugar escuro, iluminado só por uma lanterna, duas garotas estão deitadas no chão.*)

GAROTA 1
Você preferiria ficar sozinha ou sair com um cara gago?

GAROTA 2
Por que você insiste em fazer essas perguntas?

GAROTA 1
Só responda. Você preferiria ter a companhia de alguém famoso, que depois lhe daria um fora, ou nunca namoraria alguém famoso? Você preferiria ser chamada de puta ou de gorda?

GAROTA 2
Que brincadeira idiota.

GAROTA 1
Só responda.

GAROTA 2
Mas são perguntas ridículas.

GAROTA 1
Você preferiria ser cega, surda ou muda?

GAROTA 2
Nenhuma das três opções.

GAROTA 1
Você preferiria ficar grávida por acidente ou levar um fora do namorado?

GAROTA 2
Em geral são acontecimentos simultâneos.

GAROTA 1
Você preferiria ser chamada de lésbica ou de prostituta?

GAROTA 2
Lésbica, claro.

GAROTA 1
Ok. Vou lhe dar um bom motivo para me responder. Você preferiria ser uma pessoa brilhante ou linda?

GAROTA 2
    Os dois.

GAROTA 1
    Escolha uma opção.

GAROTA 2
    Você é muito sarcástica.

GAROTA 1
    Você preferiria ter a infecção pelo HPV ou transmiti-la?

GAROTA 2
    Ei!

GAROTA 1
    Responda!

LOUCA POR STEPHANIE

Fui criada como católica
Encontrei Cristo
Em seguida, encontrei Stephanie
Sempre encontro algo importante
Depois encontro uma coisa ainda melhor.
Eu não sou lésbica
Nem heterossexual
Sou louca por Stephanie
Não fazia nada que ela não fizesse
Segurava sua mão o tempo inteiro
Todas as outras pessoas desapareceram da minha vida
Stephanie usava sandálias de plástico
Tinha o cabelo preto comprido
Ela detestava *kickball*
Eu também
Ela adorava chicletes com gosto de canela
Eu também
Certa vez, quando estava em seu quarto

Mexi nas gavetas
Roubei uma camiseta
Era macia e tinha o mesmo cheiro dela
Nada era bom a não ser que ela gostasse também
Nada era divertido, a não ser que ela quisesse fazer junto comigo
Ela dizia que devemos dar dinheiro a quem precisa
Ela também dizia que é importante ensaiar a preparação da morte
Tínhamos o hábito de ficarmos imóveis e sem respirar
Ela dizia que deveríamos praticar o beijo
Ela me pediu para colocar a língua em sua boca
O gosto é melhor quando o beijo é demorado
Stephanie dizia que só podemos amar alguém
Se for um amigo.
Eu não sou lésbica
Nem heterossexual
Sou louca por Stephanie.

FATO

Pesquisas mostraram que as adolescentes que praticam esportes no ensino médio têm menos tendência de se envolverem em comportamentos sexuais de risco, como um grande número de parceiros, uso ocasional ou nenhum de contraceptivos, ou de ter relações sexuais sob efeito de drogas ou álcool.

O número menor de garotas com comportamento sexual de risco associado à prática de esportes é resultado em parte da demora na iniciação sexual e, também, à dinâmica social e psicológica que aumenta a autoconfiança, à identidade do papel feminino menos estereotipado e ao desejo profundo de evitar a gravidez na adolescência.

A BOLA NA CESTA

Ouvi um assobio
e, supostamente,
devo driblar os adversários
Assobio
A bola quente
queima minhas mãos
O relógio marca o tempo
Começo meu dia na quadra
nesse campo que está em meu cérebro
Lembro de cada jogo do começo ao fim
Não são as outras garotas
que atrapalham meu caminho
Sou rápida,
esquivo-me das investidas do adversário
Existem obstáculos mais difíceis
que me impedem de chegar à cesta
Posso jogar a bola em outra direção
Uma jogadora passa a bola de uma mão para a outra

a fim de mudar a direção
A dupla de jogadoras de defesa está impedindo minha passagem
Cor
Garota
Garota
Cor
Tudo se mistura em minha consciência
Não tenho certeza em que quadra estou
ou se estou em alguma quadra
ou em ambas
ou em outro lugar
ou em todas
ou talvez em nenhuma
só a bola queima em minhas mãos
e corro driblando meus adversários
Cada bola na cesta é um desafio
mesmo para quem saiba jogar basquete
mas não para mim que sou uma adolescente
apesar de ser alta

Em que parte do meu íntimo eu me identifico e pactuo?
E que parte eu ignoro?
Em que momento?
Que parte não me pertence?
Que grupo eu deveria irritar?
Ou a que grupo eu pertenço?
Sou uma atleta
Uma garota com pernas

e braços musculosos
Eu treino
Mas sou também a filha de uma mãe dominicana
e de um pai negro
então sou negra
bem, mulata
mulata e negra
Canela
Morena
Índia
e uma garota
Miscigenação
Que histórias
Que passado
A corda no meu pescoço
Que bolsa de estudos
Que ação afirmativa
Que garotos ressentidos
Que campeões
Se destacarão em um programa de entrevistas

E os espanhóis e franceses que invadiram
nossa terra
Que lésbica
Com braços musculosos
E cabelos crespos
Nunca vai conseguir ter um homem
Uma mistura pós-racial

Birracial
Não racial
Multirracial
Oh, quase tropecei na bola

Que terra eles roubaram
Quantos corpos presos em grilhões
Quantos índios Tainos eles mataram
com suas doenças de homem branco
Quantos índios
Quantos africanos
Quantas mulheres foram amarradas e violentadas
Quais pernas
Qual raça
Que identidade estou afastando
ou aceitando desafiadoramente
Qual presidente
Qual líder morto dos direitos civis
Que país
Que equipe
Que direitos eu tenho?
Quem sou eu?
Qual é a herança que nunca termina?
Katrina, Jena Six, Detroit, Watts,
Lower Ninth, South Bronx,
Soweto, Kibera, Eastland,
favela, Dharavi, barrio,
Qual Congo

Que prisões
Quais irmãos
eu poderia driblar
Quem sou eu
uma garota
para substituí-los?
Passe a bola agora
Drible
Pense
No futuro
Nas oportunidades.

É preciso vencer
Manter o controle
Fingir
Defender-se
Jogar a bola na cesta
Superar
Dar um arremesso forte
Sem os jogadores da linha defensiva
Para impedirem
Jogar a bola na cesta e marcar pontos.

SOPHIE E APOLLINE

ou, por que as garotas francesas fumam

SOPHIE
    Comecei a fumar em uma festa,
    queria me enturmar.
    Queria imitar o que os outros faziam.
    No início eu não queria fumar
    o tempo inteiro.

APOLLINE
    O futuro me angustia.
    Meus estudos,
    trabalho,
    tudo é muito caro.
    Como conseguirei viver em Paris?
    Como descobrirei o que fazer?
    Eu fumo para evitar o futuro.

SOPHIE
>Eu fumo quando não estou feliz.
>Fumo quando meus amigos
>e minha família me magoam.
>Quando mentem e me traem.

APOLLINE
>Sophie é minha melhor amiga.
>Temos muitas coisas em comum.
>Damos apoio uma a outra.
>Não gostamos das mesmas pessoas e das mesmas garotas.
>Aquelas que têm uma autoconfiança exagerada
>e fazem as outras se sentirem inferiores.
>Um grupo super popular, mas o outro não.

SOPHIE
>Não somos populares.
>É preciso falar alto,
>ser o centro das atenções.
>As garotas populares fumam para fazer gênero.

APOLLINE
>As garotas impopulares fumam por causa do estresse.

SOPHIE
>Minha mãe fuma escondido.
>Ela pensa que eu não a vejo.

APOLLINE

Meu pai acha que a filha é uma garota perfeita.
Com boas notas na escola,
sem namorados,
sem cigarro,
sem drogas.
Eu tinha 16 anos quando fiz sexo pela primeira vez.
Foi horrível.
O garoto não era meu namorado,
era só um amigo.
Eu não queria transar com ele,
mas estava um pouco bêbada.
Eu me arrependo de ele não ser o cara de que eu gostava.
Agora eu tenho um namorado.
É bem legal, me dá atenção.
Transamos uma ou duas vezes por semana.

SOPHIE

Da primeira vez que transei com um garoto eu não sabia de nada.
Foi muito bom,
ele foi muito gentil,
disse que não era virgem.
Mas acho que era.
Ele era tímido e não sabia o que estava fazendo.
Foi delicado comigo.
Eu converso com meu pai sobre sexo.
Ele ne faz perguntas,
pergunta se eu gosto e

o que faço com os garotos.
Às vezes eu não respondo.
Meu pai diz que eu preciso ter cuidado
para não ficar grávida ou ter doenças sexualmente transmissíveis.

APOLLINE
Eu gostaria que meus soubessem que eu tenho um namorado.
Mas eles não iriam aprovar e, por isso, eu não digo nada.

SOPHIE
Eu gosto da minha aparência e da maneira como minha mão
se mexe quando eu fumo.
Sinto-me mais confiante e adulta.

APOLLINE
Um bom futuro:
um trabalho maravilhoso,
uma família, três filhos, dois meninos e uma menina.
Sempre quis ter dois irmãos, um mais velho e o outro mais novo.
Eu cuidaria do mais novo
e o mais velho cuidaria de mim.

SOPHIE
Um bom futuro:
queria ter dinheiro,
trabalhar no teatro.
Gostaria de ter uma filha, porque as meninas são muito fofas.

Ela seria uma princesa.
Com roupas lindas e sem problemas.

APOLLINE
Um futuro ruim:
pessoas que não se importam com as outras,
pessoas egoístas que só pensam em si mesmas.
Pessoas dormindo nas ruas.
Muitas pessoas pobres.

SOPHIE
Os adolescentes comportam-se mal.
Metem-se com drogas e brigas.
Eles não percebem a realidade.
Vivem em um sonho e
são profundamente egoístas.

APOLLINE
Eu consigo conversar com Sophie.
Ela é minha melhor amiga.
Rimos juntas.
Quando estou triste sei que ela me apoiará.

SOPHIE
Posso ser autêntica com Apolline,
porque ela não me julga.
Sei que é péssimo fumar,
mas não acho que seja viciada.

APOLLINE

Eu sou viciada em cigarro.
Vou parar de fumar quando terminar meus estudos.
Peut-être.

COISAS QUE OUÇO FALAR SOBRE SEXO

É barulhento e assustador.
Certa vez ouvi meus pais fazendo sexo
no quarto ao lado.
Achei que minha mãe estava morrendo.
O sexo pode matar,
mas também pode libertar.
Apenas diga não.
Você pode dizer não.
Porém você não quer dizer não.
O sexo é natural,
é saudável,
é ruim.
Os garotos têm mais vontade de transar do que as garotas.
Ou é o contrário, as garotas gostam mais do que os meninos.
Os garotos não sabem o que estão fazendo.
Uma pessoa só deveria ter relações sexuais se quisesse ter filhos.
Minha mãe diz que é um ato espiritual.
Seria melhor que ela não dissesse nada.

Você precisa conhecer sua vagina,
porque ela é sua.
Faça perguntas.
Pratique a abstinência.
Tenha cuidado para não ficar grávida.
O sexo pode dominar você.
Você pode se contaminar com doenças.
O sangramento estimula a vontade de fazer sexo.
O sangramento é o início.
O sexo pode arruiná-la.
Pode consumir você.
A masturbação é importante.
A masturbação é proibida.
O sexo só deve ser feito se houver amor.
Sexo é um esporte como ginástica.

Faz você perder peso,
360 calorias por hora.

EU DANÇO (I)

Coração,
batimento,
som,
movimento,
balanço,
o corpo
quer se mexer.

Garotas
Quadris
Garotas
Pés
Garotas
Chão
As garotas estão se mexendo agora.

Eu danço para desaparecer
Eu danço para ter consciência de que estou aqui

Eu danço porque estou excitada
Porque é sagrado
Porque quero esquecer

Eu danço porque estou irritada
Danço porque não consigo estudar mais
Eu danço porque é melhor do que enviar mensagens eróticas
pelo celular
Você está nu? O que você está fazendo com as mãos?

Eu danço porque tudo é possível
Eu danço porque me dá barato
Porque a dança faz parte do meu ser
Eu danço porque me mantém afastada das opiniões e ideias dos outros
Eu danço porque estou
sangrando,
sangrando,
me transformando

Eu danço porque posso tocar
a música
nas discotecas de
Mumbai, Manhattan, Barcelona
Eu danço até minha máscara
cair na altura do queixo

Eu danço para os tambores das florestas e dos rios
Eu danço para o som das cigarras

Eu danço para o trânsito,
as multidões e
o silêncio
Eu danço para eliminar a insensibilidade e a crueldade
Eu danço pelos campos dos mortos,
pelo massacre de Wounded Knee na reserva indígena do povo dacota
Eu danço pelos esqueletos e ossos,
pelo escravo estigmatizado e
as tatuagens do Holocausto
Eu danço pelas pessoas a quem causaram sofrimento e humilharam
Eu danço pelos limites de minha capacidade e valor
Eu danço para seus olhos sensuais,
suas interpretações obscenas do meu corpo de adolescente
Eu elimino as burcas, as amarras,
os espartilhos e as dietas
Eu elimino as restrições, as regras ilegítimas
e seus conselhos sufocantes
Eu danço para a pulsão da vida
Eu danço porque as garotas são as derradeiras sobreviventes

Parte II

EU CONSTRUO TUDO COM PEDRA

Eu construo altares em todos os lugares
Uso 16 pulseiras no braço
Escrevo seu nome com caneta hidrográfica vermelha no travesseiro
Penduro seus *posters* em cima da minha cama
Gravo suas iniciais na porta do armário
Chego no estábulo duas horas antes,
assim posso escovar seu pelo castanho e brilhante 125 vezes
Corro 10 quilômetros sem parar
Só uso meias azul-claras
Pratico acordes até meus dedos não conseguirem mais se curvar
Tatuei 56 estrelas do lado direito do rosto
Faço jejum no Ramadã
Distribuo panfletos com pedidos de paz para o Sudão
Eu decoro a língua hebraica
E também decoro poemas para recitais de poesia
Tenho uma coleção de cem cavalos de fibra de vidro
Canto meu mantra ao amanhecer
Não piso em buracos

Não como carne
Prendo a respiração quando o sinal está vermelho
Fico acordada durante três dias
Sei o que é anorexia
Consigo dar arremessos no basquete durante 7 horas
Pratico compulsivamente o latim
Latine loqui coactus sum

Leio todos os poemas e decoro as palavras
Vejo todos os filmes em exibição
Conheço todos os seus movimentos
Assisto ao seu vídeo e decoro todos os seus passos
Recebo suas mensagens no Twitter
Conheço seu sofrimento
Canto suas músicas
Faço presentes para você com galhos, conchas e penas
E coloco na frente do palco
Grito quando as luzes se acendem
Telefono para você e desligo sete vezes
Sei que você pode ver meu número de identidade
Estou à procura do sentido da vida,
de respostas
e de razão para o futuro,
para Deus,
Alá
e por muito mais
Por menos
Para minha professora Sra. Martin

Para tudo
Para nada

Eu me curvo
Eu me comovo
Eu morro de fome
Eu fumo maconha
Eu vou à igreja
Eu canto em voz alta
Eu chamo seu nome
Eu fico dentro da água
Eu corto meu cabelo
Eu deixo o cabelo crescer
Eu me ajoelho
Eu construo tudo com pedra
Com dedicação

FATO

Quando algumas crianças foram entrevistadas no programa *20/20*, perguntaram-lhes se prefeririam ser gordas ou perder um braço.

A resposta unânime foi que prefeririam perder um braço.

A taxa de mortalidade associada à anorexia nervosa é 12 vezes mais alta do que a de *todas* as causas de morte de mulheres de 15 a 24 anos.

O blog da fome

BLOG 1
Eu não suporto aipo, tem gosto de desapontamento. A clara do ovo tem gosto de pele de bebê. Aprendi a comer pequenas quantidades ao longo do dia, ao observar as vacas. Elas mexem a boca pelo capim, param, mastigam um pouco, descansam e não engolem muita quantidade.

BLOG 2
Todos estão furiosos comigo. Aqui está uma foto do meu quadril. Os ossos aparecem, adoro as duas palavras: ossos visíveis, perfeito para usar *jeans*. Sade, música *sexy* e café expresso ajudam muito. Uma combinação imbatível. A música lenta e a cafeína eliminam a fome.

BLOG 3
Gosto horrível na boca. A garota antipática disse que eu estava doente na aula de ginástica. É ciúme. Ontem comi legumes olhando-me nua em frente ao espelho. O espelho parecia uma lente de aumento e fiquei sem fome durante quase 24 horas.

BLOG 4
Estou sempre exausta. Fiquei em casa sem forças para ir ao colégio. Cansada demais. Meu pai me passou um sermão. Disse que eu não estava enganando ninguém. Tentei fazer exercícios, mas só consegui fazer alguns abdominais. Assisti a um programa de televisão sobre centenas de pessoas na África que têm de abandonar suas terras por causa da guerra. Elas bebem água contaminada. Todas estão com muita fome e doentes. Minha mãe está chorando. Disse que estou igual àquelas pessoas esqueléticas. Em seguida, fez uma sopa. Queria que eu compartilhasse a sopa com as pessoas na televisão. Eu gosto de sopa.

BLOG 5
Não consigo parar de chorar. Estou com nojo de mim mesma. Minha família me obrigou a comer, porque era véspera de Natal. Agora estou gorda, putrefata e horrorosa. Fico muito triste nas férias. Não sou feliz como as outras pessoas. Tenho sempre a sensação de que deveria estar fazendo alguma coisa, ou de ir a algum lugar. Mas não sei o que fazer nem aonde ir. Talvez Papai Noel deixe uns comprimidos de dieta na árvore. Eu tive pesadelos na noite de Natal, sonhei que minha família estava me obrigando a comer carne de rena. Vi uns chifres horrendos em meu prato. Depois, quando tentei correr na neve fofa, os chifres transformaram-se em gelatina. Aí fiquei feliz, porque gelatina é um alimento saudável, mas ela era radioativa e, por isso, eu iria morrer.

BLOG 6
Eu acredito em Splenda. Gosto de todas as professoras substitutas, até mesmo da Srta. Hammer, que só deu uma aula. Ela nunca faz eu me sentir mal. Por causa de sua magreza extrema, o rosto era cheio de ru-

gas. Ela me perguntou como eu me sentia magra. Vazia, em vez de ter comido um monte de porcarias.

BLOG 7
Meu médico disse que ia me processar por prejudicar meu corpo. Foi gentil ao me examinar. Fiquei com muito frio e tremi. Excitante ver os ossos. Como encontrar água depois de muito cavar. Quase bonita.

BLOG 8
Estou internada em uma clínica de distúrbios alimentares. Hoje plantamos uma árvore no pátio, como um símbolo de nossos corpos crescendo saudáveis. Gosto muito de minha companheira de quarto, uma garota chinesa. Ela tem uma tatuagem de hambúrguer na bunda. Um lembrete. Imaginamos como nossos corpos poderiam ser na terapia de arte. Eu me imaginei como uma dançarina de dança do ventre com sinos balançando e uns penduricalhos presos nos pulsos. Foi divertido durante duas horas. Depois fiquei muito deprimida. Bonito é um país com portões ao redor. Eu nunca serei convidada.

BLOG 9
O terapeuta não consegue entender. Não é que eu pense nisso. Isso vive dentro de mim. É preciso ser magra. Um logo gravado em minha consciência. Como uma exigência permanente, como uma mancha de café mental. É possível que o sistema inteiro desmorone e eu tenha que me programar com outra coisa. O terapeuta pergunta com o que eu iria me programar. Não sei. O terapeuta chato insiste na pergunta. Ok, ok. Talvez o logo seja: não precisa ser tão doloroso. Deve ser MAIS PROFUNDO. Mais fácil. Não se concentrar só em mim, nem me

absorver o tempo inteiro. Não precisa me deixar com a sensação de ser uma excluída, alguém abandonada à sua própria sorte. NÃO PODE ESTIMULAR MINHA VONTADE DE ME MATAR. Acho que pareço zangada. Há muito tempo que todos estão calmos. A garota chinesa disse que talvez não haja mais logos ou exigências. Talvez seja possível resolver nosso problema e, assim, não haveria mais pressão ou interesse. Estamos aqui, é claro. Nós duas juntas, nos comportando de acordo com as expectativas das pessoas que nos cercam.

AS PIADAS SOBRE MEU NARIZ

Teerã, Irã

Eu era engraçada. Muito engraçada. Tudo que eu fazia ou falava era divertido. É provável que você estivesse rindo agora. Gostaria que estivesse rindo. Queria lhe dar exemplos de como eu era engraçada, mas mesmo dando exemplos eu ainda seria divertida. É difícil acreditar, vendo-me agora. Eu sou tão bonita, não sou? As garotas bonitas não se parecem com nada em especial. Elas parecem com o sonho de beleza das mulheres, mas, na verdade, não se assemelham a nada com o que você possa se identificar. Ao descrever alguém bonito as pessoas dizem: "Oh, esta garota, Ashley, ela é tão bonita". No entanto, quando fazem um comentário sobre garotas não tão bonitas, sempre dizem algo especial a respeito delas, algo que as caracteriza. Olha, Maria é aquela garota com o cabelo horroroso, ou Taina, suas pernas são um pouco curtas, mas tem uns seios fantásticos.

Meu aspecto cômico estimulava meu humor. Era uma aparência inusitada, que ninguém imaginaria que pudesse se materializar. Tudo girava em torno do meu nariz. Era grande, feio e divertido. Meu nariz era um misto de engraçado e ridículo. Quando você me conhecia era impossível ignorar meu nariz. Oi, bem-vindo ao meu nariz. Eu nem diria que tinha um rosto. Só um nariz. Um nariz ridículo. Os narizes são tão intensos. Você já examinou o seu? Eu olhava para meu nariz o tempo inteiro. Ele me fascinava. Oh, isso seria um nariz? Até a palavra é divertida. Nariz. A ideia de um nariz.

Meu nariz descontraía o ambiente. Era um grande assunto de conversa. De certa forma, as pessoas sentiam que poderiam confiar em mim. É difícil descrever, mas meu nariz era uma fonte de permissividade. Ele me inspirava a ter ideias perversas. A ser mais ousada. Eu nunca seria uma pessoa igual às outras com um nariz como o meu, então teria de assumir uma personalidade diferente. Eu era o palhaço da classe no colégio. Meus colegas chamavam-me de Gonzo. Igual a Gonzo, um dos personagens dos Muppets.

Meus pais não são más pessoas. Sei que gostam de mim. E que querem o melhor para mim. Porém dentro do contexto do que julgam ser o melhor. Meus pais queriam que eu planejasse, bolasse uma estratégia e, por fim, conseguisse matar meu nariz. Assassiná-lo.

No meu aniversário de 16 anos meus pais pagaram a um homem para arrancar meu nariz. Contrataram um médico famoso para destruir meu pobre nariz. O único problema é que o nariz era uma parte inerente do meu ser.

Eu não percebi bem o que estava acontecendo. Meus pais disseram que eu ficaria mais feliz, tudo seria mais fácil na minha vida e eu lhes agradeceria por terem se preocupado comigo. Pensei que estivessem me levando para jantar no restaurante Paradise Chang. Achei que iria comer meu prato preferido de comida chinesa. Mas chegamos a uma pequena clínica. Não entendi nada. Em seguida, surgiu um médico com um nariz também estranho e enorme. Ele disse que seria uma cirurgia muito simples. Minha mãe tinha uma expressão de culpa, embora continuasse a sorrir. Depois o médico me anestesiou. Não lembro de nada. Quando acordei senti um enjoo horrível, tudo parecia flutuar em torno de mim, e tive a sensação que algo terrível acontecera. Comecei a vomitar carne, ossos e sangue. Meu nariz desaparecera esmagado pelo martelo. Comecei a chorar, mesmo sem saber como chorar sem um nariz. Meu pai segurou minha mão e disse, "Agora você será uma princesa", e eu respondi, "Não quero ser uma princesa. Sentia-me feliz em ser um palhaço. Meu nariz enorme me dava personalidade e um ar misterioso. Agora ele não existe mais. Só essa bobagem no meio do rosto. Antes eu era a Mesopotâmia agora sou um *shopping center*."

É difícil acreditar que eu nunca pensara em ser bonita. Sentia pena das garotas bonitas, porque sempre havia alguém olhando para elas. Elas nunca conversavam e eram meio apáticas. Só ficavam lá... garotas bonitas nada mais. Lindos peixes dourados em um aquário. Nadando ao redor, para serem contemplados. Às vezes comiam um pouquinho da ração, mas só bem pouquinho, porque a magreza equivalia à beleza. Existem tantas coisas que não podemos fazer para sermos bonitas. Isso se torna uma obsessão. Não fazer uma série de coisas. É preciso ser bonita. Continuar bonita. Eu não como. Eu belisco. Fico com fome. E pelo fato de não comer quase não tenho energia. A comida energiza seu cérebro. Por esse motivo, as pessoas bonitas movem-se mais devagar. Elas não têm forças para nada, nem para terem pensamentos mais ricos, mais interessantes. Mas, na verdade, elas não precisam. São bonitas.

As pessoas engraçadas podem comer o que quiserem. Eu adorava comer. Você pode gostar de comer, porque as pessoas engraçadas têm a liberdade de fazer o que quiserem.

As pessoas bonitas em geral são amigas de outras pessoas bonitas. Porque tudo gira em torno de quem é mais linda. A vida se concentra em ser a mais bonita de todas.

Eu sinto falta do meu nariz. Todos os dias eu esfrego o que restou dele e sonho em contar mentiras como Pinóquio para que ele cresça. Saí com um garoto pela primeira vez e ele me disse que eu era bonita. Eu não sou bonita. Ele pensou que eu era tímida. Eu não nasci bonita. Não sou uma pessoa naturalmente bela. Minha beleza é falsa. Mas ele não entendeu o que eu queria dizer e, assim como outros garotos que não entendem coisas mais sutis, mas não querem parecer bobos, ele me beijou. Foi zero de emoção. Mas não consegui contar uma piada que desse certa graça a esse beijo insosso. E isso foi tão triste, porque os garotos sempre riam quando eu ridicularizava meu nariz e, nessa intimidade que se criava, o beijo era muito mais gostoso.

VOCÊ PREFERIRIA (II)

GAROTA 1
Você preferiria ser pega roubando ou trapaceando? Você pediria que ele usasse camisinha ou faria sexo oral?

GAROTA 2
Não quero fazer esse seu joguinho tolo.

GAROTA 1
Você preferiria perder seu pai ou sua mãe? Estar em um tsunami ou em um terremoto? Ser enterrada viva ou morrer congelada?

GAROTA 2
Vou dormir.

GAROTA 1
Por que você nunca quer participar desse tipo de brincadeira?
(*Silêncio*)

É só um jogo.

(*Silêncio*)

Você não é nem um pouco divertida.

FATO

Uma entre três alunas do ensino médio sofrerá maus-tratos ou se envolverá em um relacionamento abusivo. Quarenta por cento de garotas adolescentes de 14 a 17 anos conhecem alguém da idade delas que levou um tapa ou uma surra do namorado.

Querida Rihanna,

    Eu a respeitava. Até imitei seu corte de cabelo, meio despenteado, apesar de eu ter cabelo louro. O corte fica melhor em você. Pensei que você era uma cantora gentil e sensível e, por isso, não entendo por que foi tão má com Chris. Eu via a maneira como ele a olhava. Ele é apaixonado por você. Sei disso. Então, por que você o dispensou depois de um único erro? É tão superficial terminar com alguém só por causa de uma pequena falta. Você tem tudo, Rihanna. É linda, super talentosa, com um brilho e vivacidade incríveis. Deve ser difícil para o Chris estar ao seu lado. Eu tenho ciúmes de você e, olhe, você não é minha namorada. Todos a desejam. Todos querem ser como você. Chris parecia tão nervoso e triste no vídeo em que pedia desculpas. As pessoas disseram que ele estava lendo um texto, mas era visível que estava emocionado. Estava com tanto medo de atrapalhar tudo. Percebi sua tristeza. É isso que acontece depois. Eles se sentem tão mal. Não têm ninguém para ajudá-los. Não sabem o que dizer. Ele queria chorar. Aceite ele de volta. Ele ama você exageradamente, mas pelo menos a ama. Não é justo terminar o namoro por causa de um erro. O que você faria se ele fizesse isso com você? Chris fez um vídeo e você o mostrou para o mundo. Para seus amigos. Meu namorado, Brad, nunca fez um vídeo para mim. Ele só me deu uma pulseira com um coração de prata, depois que feriu meu lábio. Mas ele nunca foi tão gentil como Chris. Minha mãe detesta Brad. Ela não o conhece. Seu julgamento baseia-se em um só aspecto de sua personalidade. Eu ouvi Oprah dizer que quando um garoto bate em você, deixe-o no mesmo instante, mas é uma reação tão fria, tão mecânica. Como eliminar alguém de sua vida.

Não sei como você é, porém eu não sou perfeita. Sou irritante e reclamo sempre, pelo menos é o que Brad diz. Ele se irrita comigo. Você brigou com Chris e jogou suas chaves fora. Isso é muito sério. As chaves de um garoto fazem parte dele. Sei que se fizesse o mesmo alguém reagiria e, por esse motivo, evitaria jogá-las fora. Fazemos parte dessas relações conflituosas. Nunca sabemos onde começa e termina. É igual às discussões dos meus pais. São discussões que começaram desde que eu nasci, sempre com as mesmas reclamações. Minha mãe irrita tanto meu pai, que ele fica furioso. Às vezes ele bate nela e aí minha mãe o irrita ainda mais. Vamos todos para os quartos, fingimos que não estamos escutando, mas fazemos parte da briga. Às vezes um de nós provoca a discussão. Em geral sou eu. Meu pai diz que queremos sempre instigar a briga.

Chris ama você. Assim como Brad me ama. Ele me conhece melhor do que qualquer outra pessoa. É alguma coisa que explode dentro deles, de todo o sofrimento que sentem e de todas as coisas ruins que presenciaram. Sei que Chris urinava na cama depois que o padrasto batia na mãe. Por isso, vamos nos livrar dos garotos, colocá-los para sempre de castigo em uma ilha? E então como teríamos filhos? E quem nos beijaria? Eles ficam horrivelmente tristes. Percebo isso quando Brad bate em mim. Não dói tanto quanto vê-lo tão sozinho, confuso e triste. Meu pai sente a mesma tristeza e eu fumo quando penso nessa tristeza. Isso me dilacera.

Brad não vai mais comprar seus discos. Brad disse que, se você fosse namorada dele, ele a trancaria no quarto. Ele não suportaria que as pessoas a olhassem ou sonhassem com você. Senti ciúmes com seu comentário. Na verdade, ele não me deixa sair muito e fica furioso quando eu converso com outro garoto. Mas a maneira como falou de você foi diferente. Como se quisesse possuí-la. Então imagina como Chris se sente com tantos homens desejando você. Como reagir bem a essa situação? Em geral, eles não conseguem ter um bom emprego. Bem, Chris tem um. Mas a maioria dos rapazes da minha idade ainda não sabe o que quer fazer. Você é tão forte, Rihanna. Assisti aos seus vídeos. Seus braços, a maneira como se mexe e a autoconfiança. Você olha direto para a câmera. Você é tão mais forte. Por isso, poderia ajudar Chris. Senão, como esses rapazes irão viver? É a mesma sensação de olhar a esteira de água do lago, depois de passar com a lancha. Só pequenas ondas continuam a se mexer no lago. Essa sensação me assusta muito. Às vezes paro de respirar. É como se nada tivesse existido. Não quero olhar para Brad assim. Ele é real.

FATO

As garotas de 13 a 18 anos são as maiores vítimas da exploração sexual.
Calcula-se que cerca de meio milhão de jovens com menos de 18 anos é vítima do tráfico de escravas sexuais todos os anos.

EU SÓ TENHO 35 MINUTOS ANTES QUE ELE VENHA ME PROCURAR

Sófia, Bulgária

Tenho 16 anos.
Estou tremendo.
Estou sempre tremendo.
O tremor parece
um corpo encolhendo-se depois
de levar um tiro.
Estou morta
por dentro.

Ele irá voltar.
Preciso falar rápido.
Detesto meu cabelo.
Fui vendida há dois anos.
Não posso sair.
Sou um pedaço de carne.
Um animal.
Tenho 16 anos.

Pertenço a eles.
Eles fazem o que querem comigo.
Sou alta.
Com pernas longas.
Elas têm sinais de queimaduras.
Sou um cinzeiro.
Uma lata de lixo.
Minhas mãos tremem.
Às vezes eles se recusam a usar preservativos.
Se eu os rejeitar, eles me batem.
Olhe minhas costas,
com as marcas dos cortes profundos.
Eu tinha 12 anos.
Meu pai estava sempre bêbado.
Sempre zangado.
Seu amigo, seu melhor amigo
que tinha 40 anos
começou a me violentar.
Sempre que me via.
Ele ameaçou me destruir
se eu contasse a alguém.
Ameaçou contar a meu pai.
Durante dois anos
eu fiz o que ele quis.
Ele me transmitiu sífilis.
Tenho herpes na boca.
Detesto meu cabelo.
   (*Lei anta-se.*)
Quê, o quê?

Você tem certeza de que ele não sabe?
Você tem certeza de que ele não vai entrar?
(*Ela se senta*.)
Fomos vistos. O melhor amigo do meu pai.
Alguém entrou quando ele estava me violentando
encostada na parede.
Ele disse a meu pai que eu o provocara
a ter relações sexuais.
Meu pai acreditou nele.
Ele me bateu com um
pedaço de madeira da mobília
e me expulsou de casa.
Não consegui andar durante semanas.
Mas estava fugindo.
17 minutos
Meu pai expulsou-me de casa
e minha mãe,
por viver com ele
há 22 anos,
não disse nada.
Com só 14 anos,
sem ter aonde ir.
Um homem me pegou nas ruas.
Em seguida, meu irmão,
meu único amigo,
me rejeitou.
Depois o homem começou
a me bater...

Sem lugar aonde ir.
Sem saída.
Perto do policial,
onde fora pedir ajuda.
Uma carteira roubada.
Um rapaz com o cabelo cortado
bem curto
disse que sabia onde eu poderia encontrar trabalho.
Ele me trouxe para este lugar. E me vendeu para eles.
Se eu tentasse partir,
eles matariam minha família.
Eu ainda amo minha família.
O policial
amarrou-me na cama
durante sete horas,
com algemas nas mãos.
Tirou minha roupa
e seis homens...
Sou uma lata de lixo.
Um recipiente.
Estive doente.
Não há mais tempo.
5 minutos
Não sei por que nasci.
Não sinto prazer.
Sou vulgar.
Só um pedaço de carne.
Se alguém pudesse ver meu coração
saberia que ele não existe.

Detesto meu cabelo.
Há um ano que não tenho notícias
de minha mãe.
Não tenho escolha.
Você vai à polícia para se proteger.
Procura o pai,
a mãe,
o irmão,
o namorado.
Tenho 16 anos.
Um animal.
Uma propriedade.
Um receptáculo.
Estou tremendo.
Fui encontrada nas ruas de Paris.
Sou búlgara.
Sou das Filipinas.
Fui trazida de Sierra Leone.
Sou russa.
Sou da terra dos mortos.
Vendida em Tel Aviv, Amsterdã, Atlanta.
Sou de Kosovo, Mumbai, Gana, Líbano.
Sou violentada.
Vou ser extinta.
Não me resta mais nada.
    Elefante.
    Águia.
    Garota.

FATO

A Barbie inspirou-se em uma boneca alemã chamada Lilli, que era vendida como uma novidade sexual para homens.

A BARBIE LIVRE

Kwai Yong, China

Olá, meu nome é Chang Ying. Gostaria de lhe escrever uma carta bem escrita, mas estou em uma fábrica, onde trabalho 12 horas por dia, e se chegar atrasada ou me queixar de algo serei despedida. Mesmo o fato de ter esses pensamentos poderia causar problemas, porque eu me distrairia e prenderia a mão na máquina.

Eles detestam quando danificamos as máquinas. Detestam também quando acontece algo com os operários, porque o fluxo da produção diminui. Foi assim que LiJuan morreu. Houve um incêndio na fábrica, mas ela com medo de deixar seu posto, uma vez que precisava do emprego para sustentar a família, teve queimaduras seriíssimas.

Mas não posso mentir, não poderia escrever uma carta, porque não sei ler. Tenho 13 anos e trabalho desde criança. Falo chinês corretamente, porém não sei ler nem escrever.

Mas tenho muitas coisas para dizer e acho que posso ajudá-la.

Talvez pense que uma garota pobre, que só ganha uns poucos centavos por hora, não tenha nada para lhe ensinar. No entanto, conheço diversos detalhes sobre a Barbie. Eu sou uma das pessoas que fabricam a cabeça da Barbie. Eu acompanho sua produção.

    Descobri como iria mandar essa mensagem para você. Não é uma carta, nem um e-mail ou um telefonema. É o que eu chamo de *Mensagem Mental*. Você consegue senti-la? É muito forte. Comecei a enviar mensagens mentais aos 5 anos. Você precisa se concentrar com muita intensidade em um pensamento e depois imaginar alguém que receberia esse pensamento, fecha os olhos e sua mente o envia.

    Como eu fabrico a cabeça da Barbie, envio meus pensamentos para seu cérebro por meio de mensagens mentais. Assim, a menina que comprar a boneca ouvirá meus pensamentos.

    Eu já fabriquei tantas cabeças que meus pensamentos estão espalhados por vários lugares. Se ouvir sua Barbie com atenção – coloque a cabeça dela em seu ouvido como se fosse uma concha – ouvirá o que tenho a dizer.

    A produção da Barbie exige um número enorme de garotas, porque três Barbies são vendidas a cada segundo. Contaram isso no primeiro dia de trabalho. Disseram também que havia garotas como nós trabalhando em diversos países, com o objetivo de fabricar uma Barbie perfeita. O corpo era feito em Taiwan. O cabelo no Japão. Em seguida, vinha para a China onde a boneca era vestida e colocavam sua cabeça. Disseram que 23 mil caminhões faziam o caminho de ida e volta para o porto cheio de Barbies, que embarcavam para os Estados Unidos, onde eram embaladas em papel cor-de-rosa e exportadas.

    Falaram também que a parte mais importante da boneca era fabricada na China. Por esse motivo, tínhamos de produzi-la o mais rápido possível, caso contrário as meninas ficariam sem suas Barbies. No início eu me preocupava com isso e estava sempre nervosa. Cortei minha mão algumas vezes na máquina.

Depois de assistir ao desenho animado *Barbie: Life in the Dreamhouse* comecei a pensar no lugar onde morava. Eu vivia em uma casa de pesadelo. Não era nem mesmo uma casa, era apenas um dormitório. Uma espécie de prisão da Barbie, onde as garotas se amontoavam em um lugar feio. Pensei que a Barbie custava 200 iuanes, mas eu não ganhava esse dinheiro em uma semana de trabalho na fábrica quente, o dia inteiro, seis dias por semana.

Eu nunca fora a outro lugar, mas não achava que alguém pareceria com a Barbie. Ela era tão magra, soube até que não menstruava por causa disso. E minha prima que vivia nos Estados Unidos disse que as meninas paravam de comer, porque queriam ficar parecidas com a Barbie.

Comecei a pensar que seria difícil gostar da Barbie. Ela era rígida demais, tão de plástico. Não era afetuosa. Não conseguia nem mesmo nos abraçar. Éramos suas escravas: tínhamos de adorá-la, vesti-la, comprar coisas para ela. A Barbie era gananciosa e carente. Por isso, exigia que as donas gastassem cada vez mais dinheiro.

Mas não era culpa da Barbie, ela não tinha outra opção. Tantas pessoas a controlavam, desde o primeiro molde de plástico ao acessório final. Por um lado, ela tinha ainda menos liberdade do que eu. Não podia andar sozinha. É bem provável que as pernas não a fizessem ficar em pé. Ela sofria maus-tratos de tantas pessoas. Aqui na fábrica existem umas Barbies, que chamamos em segredo de infelizes, que são enviadas para a sede da empresa que as fabrica em Los Angeles, onde os especialistas em Barbies as colocam em uma sala e depois dão chutes nelas e mordem para ver se conseguem suportam as agressões.

Minha prima também disse que muitas meninas gostam da Barbie no início, mas à medida que crescem a rejeitam e começam a maltratá-la. Cortam o cabelo da boneca ou a cabeça e põem no forno de micro-ondas.

As pessoas encarregadas do *marketing* criam frases ridículas.

Algum dia teremos roupas suficientes?
Eu quero fazer compras.
Matemática é tão difícil.

Sei que Barbie não quer dizer essas bobagens, conheço o que se passa em sua mente. Ela conversa comigo. Está com muita raiva, sofre, sente-se culpada. Detesta fazer compras e tem pena das garotas que sentem fome para fabricá-la, ou que não comem para parecer com ela. Na verdade, é muito confusa e grosseira. Não é nada educada e detesta usar roupas apertadas e sapatos de salto alto desconfortáveis.

Barbie é diferente do que aparenta. É muito mais inteligente do que lhe permitiriam ser. Tem grandes poderes e é um tipo de gênio.

Existem mais de um bilhão de Barbies no mundo. Imagine se nós a libertarmos. Pense na hipótese de se transformarem em seres vivos em todos os vilarejos, cidades, quartos, depósitos de lixo e as casas dos sonhos. Imagine se, em vez de serem bonecas, assumissem o controle. Imagine se começassem a falar o que de fato pensam.

Deixem a Barbie falar.

Mensagem Mental:
Libertem a Barbie!

Mensagem Mental:
Libertem a Barbie!
Libertem a Barbie!
Libertem a Barbie!

Ai! Prendi minha mão na máquina! Está doendo e sangra. Eles vão ficar furiosos.

Mensagem Mental:
Libertem Chang Ying!
Mensagem Mental:
Libertem Chang Ying
Deixem-na sair desta fábrica suja e quente.
Mensagem Mental:
Por favor.

CÉU CÉU CÉU

Ramallah, Palestina

Querido Khalid,
Continuo a tocar em meu cabelo
Uma espécie de passatempo
Passando os dedos entre os fios
Passando os dedos entre os fios.
Eram mais grossos antes.
Agora o cabelo parece água.
Algo saiu de dentro de mim.
Mas não tenho certeza do que foi.

Querido Khalid,
Quando paro em frente ao seu túmulo
Penso como juntaram
os pedaços de seu corpo como um quebra-cabeça.
Sempre uma peça faltando
e sua mão.
Continuo pensando em sua mão

segurando a minha, quando você acreditava
em uma causa pela qual
merecia morrer,
Você se sentia estimulado.
Não tão feliz como se ganhasse um presente.
Mais determinado.
Ninguém lhe iria privar do futuro.
Continuo a pensar nos pedaços
de seu corpo
e como eu amava cada um deles,
mas nunca separados como estão agora.

Querido Khalid,
Mais tarde percebi que começou como uma febre, a raiva.
Dois dias depois que jogaram a terra sobre seu corpo
e me deram o lenço que você usava para dar sorte.
Pensei que fosse uma dessas doenças
causadas por água contaminada,
pela falta de luz,
quando não tem pão nem leite para o bebê,
quando tudo se imobiliza,
quando somos obrigados a ficar em uma sala destruída durante semanas,
às vezes meses.
Pensei que fosse uma doença.
Eu estava ardendo em febre, sem parar.
Enrolei-me em seu lenço,
em seu cheiro,

com a esperança de que iria me proteger
ou de não ter mais esses calafrios de febre,
mas isso não aconteceu.

Querido Khalid,
Era tão simples
a voz
quando se dirigiu a mim,
tão perfeita, tão clara:
homem-bomba.
Eu repeti em voz alta
em frente aos meus amigos
no café.
E a febre por fim começou.

Querido Khalid,
Eles disseram para eu não pensar no assunto.
Disseram que eu seria uma heroína.
Que eu me reuniria a você no paraíso.
Eles falavam rápido demais,
moviam-se rápido demais.
Eu precisava de tempo para pensar.
Notei que o garoto que iria me acompanhar
estava com medo.
Suava e tinha acne.
Alguém ou alguma coisa o havia mandado me encontrar
e, assim como eu, pensava o que poderia ser.

Querido Khalid,
Talvez mandem um carro com faróis
ou um carro que não esteja quebrado ou enferrujado.
Talvez se não tivessem me apressado tanto.
Se tivessem deixado eu me vestir como gosto,
mas a ideia de morrer
em cima de um tanque, com a barriga exposta,
a ideia de morrer de *jeans*.
A maneira como foram rudes e me pressionaram...

Querido Khalid,
Poderia ter sido seu bebê,
eu o estava apertando contra minha pele,
amarrado no meu corpo,
sugando minha vida,
mas era uma bomba do tamanho de um tronco,
que se estendia para frente
como um tumor enorme
sugando a vida.
Poderia ter havido pequenos dedos em vez de pregos,
algo que criamos com ternura,
mas era uma bomba que iria matar pessoas.

Querido Khalid,
Na praça
onde jogam gamão
fomos mandados para nossas posições,
como se estivéssemos sendo castigados

por mau comportamento na escola,
prontos para explodir,
para morrer em nossos lugares.
Percebi que o garoto queria desistir,
mas era um rapaz e não tinha escolha.
De repente, a praça se transformou em
rostos,
rostos, rostos.
Minha mãe, meu pai, minha tia e você,
Khalid, eram os olhos nessa praça israelense.
Olhei para cima.
Vi um céu azul,
tão azul, que transmitia vida.
Maior que a praça,
maior que a Palestina ou os judeus,
ou mesmo que você, Khalid.
Havia o céu, céu, céu,
eu não podia continuar
e me virei quando o corpo do garoto explodiu,
com a cabeça dilacerada
e agora havia mais peças faltando.

Querido Khalid,
Não entendo por que
me mantêm aqui.
Mudei de ideia.
Desisti.
Você pensaria que iriam me valorizar.

Você prenderia todos os palestinos
por terem maus pensamentos
ou fantasias.
De que outro modo sobreviveríamos?
Não me importo de estar na prisão.
Assim, não preciso fingir que sou livre.
Não tenho ilusões.
Nem ódio.
Não tenho namorado.
Não posso voltar para casa.
Envelheci.
Meu cabelo é igual à água.

O MURO

Jerusalém, Israel

Minha amiga Adina levou-me ao outro lado
do muro da Cisjordânia.
Fiquei surpresa com o que vi.
De certa forma parecia mais alto,
seria preciso um helicóptero para sobrevoá-lo.
Um muro de cimento que separa os postes de luz,
casas, terras, amigos.
Voltei.
Ouvi mais histórias.
Não tem água desse lado.
Nem poços, romãs, figos
ou empregos.
Não há saída.
Eu protesto nas sextas-feiras
junto com garotos palestinos.
Eles não entendem o que uma jovem israelense
está fazendo ali.

É um segredo.
Ninguém na minha família sabe.
Já acontece há meses.

A visão do muro me transformou.
Parei de depilar as pernas.
Não como mais carne.
Por fim, não quis me alistar no exército.
Vi a mágoa no rosto meigo do meu avô.
Censuraram minha atitude.
Disseram que não sou uma verdadeira israelense.
Meu pai não olhará mais para mim
como antes.
Meu irmão mais velho vangloriou-se em voz alta,
diante de mim, de que havia matado
um árabe naquele dia.
Ainda assim disse não.
Recuso a admitir que tenho problemas mentais.
Não quero aprender a atirar.
Vou para a prisão.
Recuso-me a vestir o uniforme
do exército/prisão.
Colocaram-me em uma solitária.
Não disse como isso me assustava.
Todas as noites
uma garota da minha idade, de uns 18 anos,
entra em minha cela.
Tem a cabeça raspada,

está nua e com fome.
Havia algo que ela queria que eu soubesse.
Em seguida, ela começa a se sufocar,
com as mãos ossudas agarradas na parede.
Não sei se foi um sonho
ou uma lembrança,
que me perseguiu
ou me libertou.

FATO

Um novo relatório revelou que das 300 mil crianças soldados do mundo, em torno de 40% são garotas. Com frequência, elas lutam nas frentes de batalha, ou trabalham como porteiros ou cozinheiras. Muitas sofrem abusos sexuais.

UM GUIA DE SOBREVIVÊNCIA DE UMA ADOLESCENTE À ESCRAVIDÃO SEXUAL

Bukavu, República Democrática do Congo

Eu moro em Bukavu, República Democrática do Congo, mas acho que esse guia aplica-se a qualquer adolescente do mundo.

As pessoas me perguntam sempre como sobrevivi. Não foi por ser mais esperta ou mais forte do que outras garotas. Eu nem mesmo sabia o que estava fazendo. Havia algo dentro de mim que me impelia a agir. Minhas amigas foram sequestradas junto comigo. Não creio que as veremos de novo.

REGRA 1. SUPERE ESSE PENSAMENTO IMATURO: "ISSO NÃO PODE ESTAR ACONTECENDO COMIGO."
Quando acontece, e confie em mim acontece com milhares de jovens, você não consegue acreditar que é verdade.

Você pensa, *são só uns soldados loucos perambulando pelo lugar. Devem estar entediados ou algo parecido. Eles não podiam me machucar assim, agarrar minhas pernas e braços com essa brutalidade e me jogar no caminhão.* Seu cérebro começa a raciocinar. *Têm idade para serem meu pai. Eles sabem disso.* É uma sensação confusa. Você se sente uma idiota. Tem a impressão de irrealidade. Além do sentimento de que fez alguma coisa errada.

Observei minhas melhores amigas – Alisa, Esther e Sowadi. Era um período de férias. Decidimos fazer um passeio de barco de Bukavu a Goma. Estávamos nos divertindo muito ao redor do enorme lago Kivu. A travessia do lago demorava cinco horas. Bebíamos Fanta, rindo do cabelo comprido e desgrenhado de Esther. Íamos nadar e passear em Goma. Fizemos compras. Sowadi comprou uns sapatos dourados. Lembro que também tive vontade de comprá-los, mas não queria que ela pensasse que eu a estava imitando.

Quando saímos da loja e descemos a rua, nada mais parecia real. Estávamos fazendo compras e agora esses soldados loucos... por isso, elas não fugiram. Eu quis fugir, porém não queria deixá-las. Quando você tenta escapar, a fúria deles piora. Um dos soldados, um grandalhão, começou a bater em Alisa e ela gritou. Minhas melhores amigas começaram a gritar e chorar.

Fiquei em silêncio. É assim que eu me comporto. Não quero que esses soldados saibam de nada. Isso leva à

REGRA 2. NUNCA OLHE PARA ELE QUANDO ESTIVER VIOLENTANDO VOCÊ

Ele chama você pelo nome com uma voz áspera e libidinosa. Pede que você olhe para ele. Vira seu rosto com as mãos grosseiras e sujas. Nunca olhe para ele. Feche os olhos, se puder. Ele não é nada. É uma partícula minúscula sem o menor sentido. Nem mesmo existe.

REGRA 3. FAÇA UM BURACO DENTRO DE VOCÊ E ENTRE NELE
Ele está em cima de você. Tem a idade para ser seu pai. O homem tem cheiro de mato, álcool e maconha. Ele tapa sua boca com a mão. Você é virgem. Só tem 15 anos. Ele diz que ninguém chegará.

Imagine que está dançando. Pense em sua música preferida. Lembre-se de sua mãe fazendo tranças em seu cabelo. Sinte o toque suave de seus dedos nas tranças. Ouça sua mãe chamando seu nome, "Marta, Marta, Marta".

REGRA 4. NUNCA LHE DÊ A MENOR POSSIBILIDADE DE AFETO OU INTIMIDADE
Rejeite a comida que ele trouxer. Recuse-se a comer esse peixe estúpido. Cuspa nele. Diga que sua família não come peixe. Quando estão em público, ele irá querer que você sorria e se comporte como uma esposa, apesar de ser casado. Nunca sorria. Role na terra com o *pange* feio e caro que ele mandou fazer sob encomenda para você. Nunca ria de suas piadas. Ele faz sexo duas ou três vezes por dia. Não é doloroso, depois das primeiras vinte vezes. O interior do seu corpo não lhe pertence mais. Às vezes usa perfume. Cuidado. Não se encante com o cheiro. Resista. Você pode começar a ter algum sentimento por ele. É natural após seis meses. Mas é apenas um hábito ou um incidente. Não tem nada a ver com Claude. Atenção, nunca fale seu nome. Refira-se sempre a "ele" ou "você". "*Você*, saia de cima de mim." "*Você*, deixe-me sozinha."

REGRA 5. A TRISTEZA DELE NÃO LHE DIZ RESPEITO
Às vezes ele parece muito triste. Todas as coisas horríveis que presenciou ou fez. Você sente pena dele. Seus sentimentos refletem em você.

Afinal, você é sua escrava há quase dois anos. Você começa a pensar que não existe mais ninguém no mundo. Essa é sua vida. Ele é a única pessoa que irá amá-la. Quando começar a vomitar de manhã, terá certeza de que a está envenenando. Depois passa o enjoo, mas você vomita de novo e, aos poucos, percebe que está grávida de um filho dele. Ele lhe avisa que a matará, se pensar em fazer um aborto. Recuse-se a cuidar do bebê dele.

REGRA 6. POUCO IMPORTA SE FOR CAPTURADA, É MELHOR MORRER TENTANDO SE LIBERTAR

Quando tiver oportunidade, fuja. Pense em milagres. Leve sua filha, porque em seu íntimo ela é sua filha. Leve apenas as roupas da criança, nada mais.

No momento em que começar a correr, suas pernas ficarão tão fortes como as pernas fortes de outras pessoas. E seus pensamentos ficarão lúcidos e claros, como nunca antes e ouvirá sua mãe dizer, "Marta, corra, corra, corra" e você entrará no ônibus no momento exato e não olhará pela janela, porque sabe que os quatro guarda-costas que a vigiaram como falcões durante dois anos já estão lá, mas você está dentro do buraco onde ninguém pode vê-la. Você esconderá o bebê dentro de uma parede da casa do primo onde passou as férias; mas quando Claude vier com quatro soldados à procura de vocês e destruir tudo, o bebê não irá chorar e você estará invisível. No dia seguinte, quando o barco se afastar da margem do lago, você prenderá a respiração ao ver Claude e outros homens no cais perguntando se a haviam visto. Alguém apontará o barco e você saberá que ele a encontrou, embora esteja dentro do buraco. Mas o capitão do barco, que havia parado de repente ao seu lado, lhe fará uma única pergunta, "Quantos anos você tem?" e você responderá, como se falasse pela primeira vez na vida. A voz alta e descontrolada dirá, "Tenho 17 anos. Ele me raptou quando eu tinha 15 anos. Ele me violentava todos os dias, três vezes ao dia. Ele me transmitiu doenças e me engravidou. Esse homem roubou os minerais do nosso país e minha vida. Se você voltar com esse barco para a margem do lago, eu me jogarei na água. Prefiro morrer afogada junto com o bebê do que vê-lo de novo".

E o capitão colocará a mão em meu ombro e eu verei a expressão de piedade em seu olhar. E então o barco seguirá seu caminho.

REGRA 7. NÃO SE SINTA CULPADA POR ESTAR TÃO FELIZ AO SABER QUE ELE ESTÁ MORTO

Depois de seis meses de volta ao meu querido Bukavu, encontrei dois soldados, que se surpreenderam com minha boa aparência. Eles contaram que Claude fora assassinado e eu disse "Deus fez uma boa ação" e, nesse momento, o leite começou a pingar dos meus seios e o amor por minha filha desabrochou.

Eu saí de férias durante dois dias e só voltei dois anos depois.

REGRA 8. NINGUÉM PODE TIRAR NADA DE VOCÊ SE NÃO LHES DER NADA

EU DANÇO (II)

Eu danço em círculos
uma dança que começou na Grécia clássica
nos círculos que giram em torno dos Bálcãs,
África, Irlanda,
eu danço ao ritmo da hora,
a dança romena e israelense

Eu danço no círculo das tribos nativas
danço como uma afirmação da minha cultura
danço porque meus avós me ensinaram
Danço para não esquecer,
danço porque existe um pássaro dentro de mim,
às vezes move-se devagar,
ou mais depressa como uma gralha azul.
Você não pode pará-la,
mesmo que tente matá-la,
apontando-lhe uma arma.
Ela voará tão rápido que

desaparecerá de seu caminho.
Quis dançar a dança do *jingle*
antes de começar a andar,
danço porque gosto de rodopiar.
A dança *buckskin* faz parte
do meu corpo.
Quando você ensina crianças nativas a dançar,
você lhes ensina a pertencerem às suas tribos.

Eu danço para desaparecer,
para ter consciência de minha presença,
porque sou facilmente excitável,
porque é sagrado e
porque quero esquecer.

(Dança do ventre)
Danço com meu ventre,
o centro do poder do mundo

(Dança sufista)
Com a dança sufista
eu rodopio
para sempre
pelo universo

(*Hula*, *kabuki*, *hip-hop*, a dança de Bollywood)
Eu danço a dança *O'te'a*,
proibida

Kabuki e *rock and roll*,
hip-hop e Bollywood

(Salsa e *flamenco*)
Eu danço salsa e *flamenco*

Parte III

AS CONTESTADORAS

Das montanhas do Líbano
ao vilarejo de El Doret no Quênia,
estamos praticando modalidades de artes marciais
de defesa pessoal
como caratê, *tai chi*, judô e *kung fu*.
Agora lutamos contra nosso destino.

Agora acompanhamos nossas namoradas do caminho da casa ao colégio.
E não com uma postura machista. Somos apenas jovens normais.

Nossas mães pertencem à Pink Sari Gang,
o movimento ativista das mulheres indianas
vestidas com sáris cor-de-rosa e armadas com bastões,
que enfrentam os homens bêbados em Uttar Pradesh.
As mulheres *peshmerga*
das montanhas do Curdistão,
com os cabelos presos com enfeites modernos
e armadas com AK-47, em vez de livros.

Mulheres que não são mais passivas diante dos acontecimentos.

Somos as mulheres liberianas,
sentadas à luz do sol da África,
que bloqueiam as saídas até os homens as descobrirem.

Somos as mulheres nigerianas,
com os bebês presos às costas,
que acamparam no terminal da Chevron.
Somos as mulheres de Kerala,
que impediram a privatização da água da região
pela Coca-cola.
Somos Cindy Sheehan acampada em Crawford
sem um plano de ação.
Somos todas as mulheres que perderam os maridos e os namorados,
porque somos casadas com nossa missão.
Sabemos que o amor se manifesta em todas as direções e de muitas formas.
Somos Malalai Joya, que discursou na Loya Jirga afegã
sobre as "violações dos senhores da guerra"
e continuou a protestar mesmo quando tentaram explodir sua casa.
E somos Zoya, cuja mãe foi assassinada quando ela era criança e, por isso, foi alimentada pela revolução que é mais forte que o leite.

E somos as mulheres que protegem e amam seus bebês,
mesmo se tiverem o rosto de nossos estupradores.
Somos as garotas que pararam de se cortar para amenizar o sofrimento.
E somos as garotas que reagiram contra a mutilação genital e a perda
do prazer.

Somos:
Rachel Corrie, que não se afastou do tanque israelense.
Aung San Suu Kyi, que ainda sorri após anos presa no quarto.
Anne Frank, que sobreviveu para nos contar sua história.
E somos Neda Soltani, assassinada a tiros por um francoatirador
nas ruas de Teerã quando protestava em nome da liberdade.

Somos as mulheres que navegam em alto-mar
para ajudar as que precisam fazer aborto nos navios.
Somos as mulheres que documentam as atrocidades
cometidas em estádios com câmeras de vídeo sob as burcas.
Somos 17 mulheres que vivem há um ano em uma árvore
e se deitam nas florestas para proteger os carvalhos selvagens.
Somos as mulheres que impedem o assassinato de baleias em alto-mar.
Somos as *freegans*, adeptas do veganismo e transexuais,
mas, sobretudo, somos contestadoras.
Não aceitamos o mundo de vocês,
seus governos, suas guerras.
Nem sua crueldade e brutalidade.
Não acreditamos que algumas pessoas devam morrer
para que outras sobrevivam,
ou que não haja espaço suficiente para todos,
ou que as empresas sejam a única e a melhor organização econômica.
E não detestamos garotos, certo?
Essa é outra história idiota.

Somos contestadoras,
mas adoramos beijar.

Não queremos fazer nada antes de estarmos preparadas,
porém pode ser mais cedo do que vocês pensam.
E queremos ter poder de decisão.
Não temos medo do que pulsa dentro de nós,
porque nos mantém vivas.

Não nos negue, nem critique ou infantilize.
Não aceitamos controles de fronteiras, bloqueios ou ataques aéreos.
Somos obcecadas pelo aprendizado.
Nas praias com tsunamis proibidas em Sri Lanka.
Nos cenários desolados e alagados do Lower Ninth Ward.
Queremos escola.
Queremos escola.
Queremos escola.

Sabemos que, se você planeja por muito tempo,
nada acontece e as coisas pioram.
A ação é fundamental, mas instintivamente
cremos que não é a morte o mais assustador,
mas a falta de tentativa.

E, por fim, encontraremos uma forma de expressão comum
que irá nos unir.
Quando acumularmos conhecimento.
Quando, em vez de incentivarmos conflitos,
nossa energia se direcionar ao que de fato importa.
Quando pararmos de nos preocupar
com as nádegas e a barriga muito magras,

o cabelo crespo demais
ou as coxas grossas.
No momento em que pararmos de querer agradar
e fazer com que todos sejam incrivelmente felizes —
então teremos Poder.

Se
Janis Joplin foi eleita o homem mais feio do *campus*
e enviaram Angela Davis para a cadeia.
Se Simone Weil tinha qualidades viris
e Joana D'Arc era histérica.
Se Bella Abzug era extremamente antipática
e Ellen Johnson é assustadora.
Se Arundhati Roy é intimidante
e Rigoberta Menchú é patologicamente intensa.
Se Michelle Obama usa roupas sem mangas e não pede desculpas
e Julia Butterfly Hill é uma extremista bizarra.
Então chamem-nos de histéricas,
fanáticas,
excêntricas,
delirantes,
intimidantes,
extremamente antipáticas,
militantes,
putas,
aberrações.
Faça uma tatuagem em mim
Bruxa

Deem para nós vassouras
e poções no fogão.
Somos garotas
que não têm medo de cozinhar.

FATO

Cerca de cem milhões de adolescentes sem idade mínima legal para trabalhar são exploradas no trabalho infantil no mundo inteiro.

POR QUE VOCÊ GOSTA DE SER UMA GAROTA?

Garotas são gentis
charmosas
usam maquiagem
Garotas são humanas
Garotas têm uma relação afetiva mais forte com os pais do que com as mães.
Garotas não obrigam os rapazes a terem um desempenho especial.
Garotas vestem-se bem
Garotas podem gerar uma nova vida
Garotas são tímidas
Garotas são meigas
Garotas são suaves
Garotos ficam horas sentados em silêncio
e gritam na frente da televisão.
Garotas têm mais aptidões
Balé
Usarem vestidos
Serem diferentes
As mulheres são mais unidas.

COMO FAZER UMA PERGUNTA

Estamos deitados nos beijando, nos tocando
e o desejo está cada vez mais intenso,
mas tenho a impressão de que ele acha que estou distante,
porque estou pensando como posso lhe fazer uma pergunta,
como escolher as palavras.
Vou deixá-lo tenso.
Ele vai saber que eu já fiz isso antes
e pensar que eu sou uma *nerd*.
Sei que todos os garotos detestam camisinhas.
Não é a mesma sensação, não é o mesmo barato.
Não vai me telefonar de novo.
Ele está apreensivo, como se tivesse algo errado.
Já está nervoso.
Vai perder o controle.
Ele não pode ter Aids.
É jovem demais.
E muito bonito,

atlético,
gentil,
tímido
e engraçado.
Veste-se muito bem
é muito popular.
É também muito religioso.
Conheço-o há anos,
talvez a minha vida inteira.
Talvez faça a pergunta da próxima vez,
quando nos conhecermos melhor.

Depois me lembrei de uma garota da minha classe.
Ela tinha 17 anos e era muito bonita.
Ia se casar com um rapaz.
Ele não havia contado que fizera sexo com outra pessoa,
porque não queria que ela terminasse o namoro.
Ele não contou,
a garota confiava nele,
e ele lhe transmitiu Aids.
Então fiz uma pergunta bem objetiva
"você se importaria de usar um preservativo?"
(Parecia minha mãe falando)
e ele disse, sem hesitar,
"claro, tenho um no bolso".
E eu pensei,
puxa,

não foi tão difícil.
Então, já havia transado antes.
E aí não é tão tímido,
nem inseguro.
Talvez eu não o conheça tão bem como imagino.
Eu tenho o hábito de fantasiar a personalidade das pessoas.
Imagino o que pensam
e como irão reagir.
Fico tão envolvida com ele
que não penso em mim.
Por que ele não mencionou o preservativo?
Talvez coloque no último instante.
É possível que ele tenha uma maneira
de colocar a camisinha sem quebrar o ritmo.
Quantas vezes ele já fez isso?
Com quantas garotas ele já transou?
Mas de repente ele disse:
"esta é minha primeira vez
e não sei bem o que fazer".
Aí, eu comecei a rir ele perguntou:
"você está rindo de mim?"
"Não, estou rindo, porque também
estou meio sem saber o que fazer
e sinto-me feliz por estarmos na mesma situação".
E nos beijamos ainda mais.
Depois, quando tirou o preservativo,
rimos porque o visual de uma camisinha é engraçado.

Mas a ideia de termos nos protegido me agradou.
E esse pensamento fez com que
eu gostasse dele
e de mim.

VOCÊ PREFERIRIA (III)

GAROTA 1
   Você preferiria encontrar seu namorado transando com sua melhor amiga ou com sua irmã?

GAROTA 2
   Você poderia parar de torrar minha paciência e me deixar dormir?

GAROTA 1
   Ei, você é tão mal-humorada!

GAROTA 2
   Se quiser que eu convide você de novo, pare de fazer perguntas idiotas.

GAROTA 1
   Por que você está tão irritada?

GAROTA 2

Porque suas perguntas me deprimem. Porque não suporto mais ter de fazer escolhas entre duas coisas horríveis e impossíveis.

Viver com minha mãe ou com meu pai, ser popular ou inteligente, gostar de sexo ou ser chamada de puta, ganhar dinheiro ou seguir o caminho do meu coração.

Quero ouvir perguntas diferentes. Detesto essas escolhas. Odeio minha vida.

GAROTA 1

Sinto muito. Sinto mesmo. Era só uma brincadeira.
(*A garota 2 está chorando*.)

GAROTA 1

Você está chorando?

GAROTA 2

Sim.
(*Pausa, silêncio*.)

GAROTA 1

Você prefere que eu fique aqui e a deixe sozinha ou quer que eu a abrace?

GAROTA 2

A segunda ideia.

GAROTA 1

Posso me aproximar?

GAROTA 2

Sim.

(*Ela se aproxima e abraça a amiga.*)

GAROTA 1

Sinto muito.

GAROTA 2

Às vezes é tão difícil. Difícil e triste.

GAROTA 1

Eu sei. Eu detesto isso.

(*As duas se abraçam e começam a chorar. Mas depois riem muito.*)

COISAS QUE EU GOSTO EM MEU CORPO

Ser grande
Minhas curvas
Ser pequena, com um corpo mais franzino
Meus olhos
Meu sorriso
Minha pele cor de caramelo, macia e brilhante
Meus olhos amendoados
Covinhas, uma é mais profunda
Minhas pernas sem depilar
Os cílios curvados
Eu gosto de tudo
Olhos como o sol
Braços como galhos
Altura de uma árvore
Peluda como um macaco

MINHA MINISSAIA

Minha minissaia
não é um convite
nem uma provocação
ou uma indicação do que quero
ou de que sou uma puta.

Minha minissaia
não quer provocar nenhuma reação
nem quer que você a arranque
ou que a puxe para cima ou para baixo.

Minha minissaia
não é um motivo legal
para ser violentada
embora já tenha sido.
Não terá nenhum fundamento
no novo tribunal.

Minha minissaia, acredite ou não,
não tem nada a ver com você.

Minha minissaia
é uma tentativa de descobrir
o poder das minhas pernas,
quando o ar frio do outono
percorre a parte interna de minhas coxas.
É uma tentativa de que tudo que eu vejo,
vivencio ou sinto tenha vida.

Minha minissaia não é uma prova
de que eu seja uma garota idiota,
indecisa
ou influenciável.

Minha minissaia é um desafio.
Não vou permitir que você me intimide.
Minha minissaia não é uma demonstração de exibicionismo,
e sim uma revelação do meu verdadeiro eu,
antes que fosse obrigada a encobri-lo
ou reprimir sua intensidade.
Já me acostumei a viver assim.

Minha minissaia é um símbolo de felicidade.
Ela me proporciona uma visão realista das minhas ideias,
ações e decisões.

Estou aqui. Eu sou *sexy*.
Minha minissaia é uma libertação,
uma bandeira do exército feminino.
Eu declaro que essas ruas, todas as ruas
são o país da minha vagina.

Minha minissaia
é uma água azul-turquesa com peixes coloridos nadando,
um festival de verão na escuridão estrelada.
O canto de um passarinho,
um trem chegando a uma cidade desconhecida.
Minha minissaia é um rodopio selvagem,
uma respiração profunda,
um passo de tango.
Minha minissaia é
iniciação, valorização, excitação.

Mas, sobretudo, minha minissaia
e tudo que encobre é
meu, meu, meu.

COISAS QUE NOS DÃO PRAZER

Quando Zena faz cócegas na parte interna do meu braço
e percorre com o dedo até o cotovelo,
dançando freneticamente como os *abasezzi*,
os dançarinos da noite
com minhas pernas ao seu lado, o vento,
a pressa.
Conhecer a resposta,
a água morna escorregadia,
estudar a história da Rússia,
falar árabe.
Arroz,
curry,
frango.
Passar batom vermelho brilhante nos lábios.
Alisar o cabelo,
ondular o cabelo.
Pudim,
halvah,

baclava,
sorvete,
macarons,
iogurte.
Ficar de cabeça para baixo.
Fazer um espacate.
Correr rápido,
salvar martas,
salvar baleias,
salvar sacos de plástico.
Sushi.
A felicidade de minha mãe.
Estar em um rio,
em um oceano,
na piscina com amigos.
Dormir fora de casa.
Vestir um *jeans* novo mais apertado.
Minha mãe colocando uma toalha molhada
em minha testa, quando tenho febre.
Experimentar um sutiã.
E a maneira como as folhagens das árvores
Farfalham, quando os pássaros voltam.

FATO

Mais de 900 milhões de adolescentes e mulheres vivem com menos de um dólar por dia.

CINCO VACAS E UM BEZERRO

A HISTÓRIA

Não sei ao certo o dia em que ele decidiu me vender. Estávamos em um período de seca. Durante três meses não vimos folhas nos arbustos e nas árvores, nem capim. A terra era um marrom contínuo. Os rios viraram pedra. A poeira impregnara-se em nossas bocas, camas e sonhos. As vacas. Tudo girava em torno das vacas.

Sou uma garota masai, que vive no Quênia. Meu nome é Mary e tenho 15 anos. E tinha 14 anos, quando tudo aconteceu. Estávamos sempre mudando de lugar. Eu gostava de conhecer novos lugares. Acompanhávamos o movimento das vacas. Elas pastavam e, quando precisavam de mais capim, seguíamos para outro lugar. Nossa tribo acreditava que o rei da chuva, Ngai, deu o gado ao povo masai para protegê-lo. Vivíamos de leite e sangue.

Eu estava na escola. Era inteligente. Tinha boa memória e aprendia mais rápido do que meus colegas de classe. Os professores diziam que eu tinha um futuro promissor.

Meu pai era um homem muito poderoso. Tinha muitos filhos e um grande rebanho. Pelo menos quarenta filhos, mas o número não é exato, porque as filhas mulheres não tinham a menor importância entre os filhos. Ele vendeu várias das minhas irmãs mais velhas antes de mim, em troca de vacas. Ele as vendeu para homens idosos e elas partiram para lugares distantes. Lembro que, antes de casarem, elas haviam sofrido uma mutilação genital com uma lâmina. A dor foi indescritível e a expressão de seus rostos mudou. E depois pararam de fazer perguntas. Mas eu não quero parar de fazer perguntas.

A MUDANÇA
A seca se agravou. As vacas emagreceram tanto que os ossos quase perfuravam-lhe a pele. Os animais não tinham mais forças para procurar novos pastos. Sem capim, sem água. Algumas morreram. Meu pai estava empobrecendo. Sua irritação era cada dia mais visível. Senti um pressentimento na manhã em que nos chamou no campo. Ntotya havia morrido. A vaca pertencia à minha mãe. Minha mãe estava chorando. Não lembrava de tê-la visto chorando antes. Mais tarde soube que chorava por minha causa. Os urubus já sobrevoavam o pasto. Os urubus eram tão pacientes. Tinham uma paciência infinita.

Meu pai não podia mais esperar. Escutei meu pai conversando com um homem idoso sentado ao seu lado. Iriam escolher uma data. A voz de meu pai tinha um tom áspero. Conversavam sobre meu dote, o número de vacas. O homem idoso não tinha um dos olhos. Tentei imaginar como seria beijá-lo. Pensei que nunca mais iria ler. Pensei que iriam me mutilar.

A FUGA
Nem tomei banho. Eu tinha 300 xelins no bolso. Havia economizado o dinheiro para comprar as roupas de Natal. Acompanhei minha amiga

Sintoya até a estrada. Depois continuei andando. Ouvira comentários sobre um Centro de Regate para garotas. Era bem distante. No início meus passos me deram uma sensação de liberdade, mas seis horas depois escureceu. Tentei descansar embaixo de uma árvore. Mas não consegui dormir com os sons selvagens das hienas e dos pássaros. Parecia que estavam gritando comigo. Imaginei o rosto afetuoso de minha mãe ao me receber em casa, mas em seguida surgiu o rosto zangado do meu pai. Tinha uma vara em uma das mãos e uma arma na outra e ia me matar. Meu coração começou a bater no mesmo ritmo alucinado das cigarras sedentas e caí na estrada escura. Eu estava longe da casa do meu pai, da minha família, da minha vida. Continuei a caminhar por aquele lugar ermo e escuro, para além de minhas forças.

Estava coberta de poeira quando cheguei. Mama Naanyo estava rindo de felicidade. Tive a sensação de que esperava por mim. Tantas garotas tinham feito longas caminhadas, garotas que tinham de partir, sair da casa dos pais. Garotas que haviam mudado a tradição. Éramos uma tribo muito unida. Frequentávamos a escola. Aprendi que, mesmo em períodos de seca, meu pai não tinha o direito de me vender. Isso era escravidão. Aprendi que meu clitóris me pertencia e que poderia me dar prazer quando casasse. Aprendi também que podia ser o que quisesse na vida, que as garotas podem ter os mesmos conhecimentos dos rapazes, e que merecíamos respeito.

Mais tarde soube que meu pai havia batido em minha mãe porque eu fugira, mas ela me apoiou. Minhas três irmãs mais novas tinham fugido. Minha mãe procurou os anciães da tribo.

Um ano depois Mama Naanyo me chamou. Disse que *conversara com meu pai e ele queria me ver*. Disse que eu *era muito forte. E que meu pai estava pronto para me aceitar.*

A RECONCILIAÇÃO

Meu corpo tremia quando entrei em sua casa. Não sabia se conseguiria manter o controle. Meu pai me recebeu ao lado de minha mãe e de suas quatro esposas. Parecia tão velho e fraco. Eu me apoiei em Mama Naanyo. Já havia passado um ano. Sabia que estava com boa aparência. Tinha roupas bonitas e havia mudado. Agora, era uma jovem forte e autoconfiante. Todos começaram a chorar. Até meu pai. Em seguida, chegaram minhas irmãs. Elas haviam vivido nos campos durante esse ano. Choramos e nos abraçamos como fazem as irmãs. Depois vi meu pai olhando para mim. Ele percebera que eu não sentia mais medo. Que eu atravessara para o outro lado. Ele se levantou e me abraçou devagar. Disse que eu me comportara bem e agradeceu Mama Naanyo por ter feito de mim uma pessoa respeitável. Em seguida, suas palavras pareceram um milagre. Disse que me aceitaria de novo na família e que não mutilaria nem venderia minhas irmãs.

Minha mãe estava tão feliz. Ela sempre fora generosa com dinheiro e roupas. Dessa vez arriscara ser espancada.

Apesar do que acontecera com ela, minha mãe pediu aos anciães que me libertassem.

Houve uma cerimônia. Todas as pessoas da tribo não trabalharam nesse dia no mercado para me receber de volta. Fiquei de pé diante delas e fiz um discurso. Olhei para as mulheres sentadas no chão com seus colares de contas lindos, as roupas coloridas, as cabeças raspadas e o rosto franco. Olhei para minha mãe, minhas madrastas, irmãs e irmãos. Eu amava minha família. Amava nossa vida de nômades e nossos costumes. Gostava da maneira como cuidávamos da terra. Gostava de viver em meio aos elefantes, leões, zebras e vacas. Amava a cultura que havíamos preservado. Mas, apesar de amar tudo isso, sabia que nossa vida poderia ser melhor.

Meu pai quis me vender por cinco vacas, um bezerro e algumas mantas. Cerca de 30.000 xelins. Mas, quando eu for mais instruída, ganharei mais dinheiro. Eu vou construir uma casa para meu pai. Eu cuidarei de todos eles.

Olhei para as mulheres da minha família que haviam sido vendidas e mutiladas quando tinham minha idade. Minha tia estava rindo. As outras mulheres cantavam. Essa era nossa comemoração. Nosso início. E, em meio a essa comemoração, percebi que estávamos com as roupas molhadas, porque começara a chover.

EU SOU UM SER EMOCIONAL

Gosto de ser uma garota,
posso sentir o que você está sentindo,
sentindo em seu íntimo,
o sentimento anterior.
Eu sou um ser emocional.
Os sentimentos, sensações e interiorizações
não se originam de teorias intelectuais ou ideias complexas.
Eles pulsam em meus órgãos, em minhas pernas
e queimam meus ouvidos.
Sei quando sua namorada está furiosa com você,
mesmo quando finge que está dando o que você quer.
Sei quando uma tempestade se aproxima.
Sinto a eletricidade invisível no ar.
Sei que ele não irá telefonar de novo.
Eu tenho uma sensação intuitiva.
Eu sou um ser emocional.
Gosto de não ser superficial.
Tudo é intenso em mim.

A maneira como ando na rua.
A maneira como minha mãe me acorda.
A maneira como escuto más notícias.
A maneira como a sensação de perda é insuportável.

Eu sou um ser emocional.
Estou conectada a tudo e a todos.
Nasci assim.
Não ouse dizer que isso é coisa de adolescente,
ou só porque eu sou uma garota.
Sinto-me melhor com esses sentimentos.
Fico alerta,
atuante,
forte.

Eu sou um ser emocional.
Há uma maneira específica de ter essa percepção.
Assemelha-se ao esquecimento de mulheres idosas.
Alegro-me por ainda sentir emoção em meu corpo.

Sei quando um coco está prestes a cair.
Sei que somos culpados pelas mudanças climáticas.
Sei que meu pai não vai voltar.
Que ninguém está preparado para um incêndio.
Sei que o significado do batom
é mais do que ele revela.
Sei que os garotos se sentem inseguros.
Sei que os terroristas são um produto,

não nascem com esse instinto destrutivo.
Sei que um beijo pode eliminar
minha capacidade de decisão e, às vezes, deve.

Não são sentimentos extremos.
É só coisa de mulher.
O que seríamos
se a grande porta em nosso íntimo se abrisse.
Não me diga para não chorar,
ficar calma,
não ser tão sensível e intensa,
para ser mais razoável.
Eu sou um ser emocional.
Desse modo, a terra foi criada.
Assim como o vento continua a transportar
o grão de pólen.
Você não diz ao oceano Atlântico
como se comportar.

Eu sou um ser emocional.
Por que você quer me reprimir
ou rejeitar?
Eu sou sua memória remanescente.
Eu o conecto à sua fonte.
Nada se dilui.
Nada se dispersa.
Eu posso resgatar você.

Gosto de sentir seus sentimentos mais íntimos,
mesmo quando bloqueia minha vida,
me fere demais,
me desvia do meu rumo,
dilacera meu coração.
Isso me faz sentir mais responsável.
Eu sou emotiva,
um ser emocional, dedicado, incondicional.
E, acredite em mim,
eu amo, amo, amo
ser uma garota.

EU DANÇO (III)

Eu danço para me sentir presente,
eu danço para desaparecer,
eu danço porque eu posso e quero.

Eu danço com as ciganas
e com os fiéis nas igrejas.
Eu danço com as bruxas, as fadas e aberrações.
Eu danço nas extremidades verdes da terra,
eu danço com os que estão na estrada.
Eu danço até ficarmos suados.
Eu danço nas mesas,
nos telhados,
nas escadas.
Eu danço quando quero gritar,
arranhar e dar um soco.
Eu danço até virar selvagem,
até enlouquecer,
eu danço até me sentir corajosa e livre,

eu danço o frenesi,
o perigo,
eu danço porque não consigo parar.
Eu danço porque tenho sentimentos intensos,
eu danço porque
o amo, amo, amo.
Agora, não fique aí com os braços cruzados.
Minha pele é um mapa.
Meu estômago é uma labareda.
Venha, dance comigo.
Você por inteiro,
mais alto,
mais alto.

EPÍLOGO
MANIFESTO ÀS MULHERES JOVENS E ÀS ADOLESCENTES

EIS O QUE VÃO LHE DIZER:

Encontre um homem,
procure proteção,
o mundo é assustador.
Não saia,
você é fraca.
Não se preocupe tanto,
são apenas animais.
Não seja tão intensa,
não chore tanto.
Não confie em ninguém,
não fale com estranhos.
As pessoas vão querer tirar vantagem de você.
Feche as pernas.
As garotas não têm aptidão para:
números,

fatos,
tomar decisões difíceis,
levantar peso,
conectar coisas,
notícias internacionais,
pilotar avião,
chefiar.
Se ele a violentar,
não resista,
ou será assassinada ao se defender.
Não viaje sozinha.
Você não é nada sem um homem ao seu lado.
Não tome a iniciativa,
espere que ele se interesse por você.
Seja discreta,
siga a multidão,
obedeça às leis.
Não tenha um conhecimento profundo.
Seja menos impetuosa.
Encontre alguém rico.
Só sua aparência tem importância,
não o que você pensa.

EIS O QUE EU DIGO:

Todas as pessoas são livres para exercer seu papel
Ninguém controla nem é responsável

pela vida dos outros,
exceto os que fingem ser responsáveis.
Ninguém está chegando
ou partindo.
Resgate seu eu.
Pense em suas necessidades.
Conheça seu corpo melhor do que ninguém.

Sempre lute por aquilo em que acredita.
Exija,
diga o que você quer.
Goste de sua solidão.
Viaje de trem sozinha para lugares desconhecidos.
Durma ao ar livre sob as estrelas.
Aprenda a dirigir um carro sem câmbio automático.
Vá a lugares distantes, assim,
perderá o medo de não voltar.
Diga não, quando não quiser fazer alguma coisa.
Diga sim, se seus instintos forem fortes,
mesmo se alguém não concordar.
Decida se quer que gostem de você ou a admirem.
Decida se o conformismo é mais importante
do que a descoberta do sentido da vida.
Acredite no beijo.
Lute por ternura.
Preocupe-se quanto quiser.
Chore o quanto quiser.
Insista em que o mundo seja um palco

e goste do drama.
Faça as coisas no seu ritmo.
Movimente-se o mais rápido que puder,
desde que seja na sua velocidade.

Faça as seguintes perguntas ao seu íntimo:
Por que sussurro quando tenho algo a dizer?
Por que coloco um ponto de interrogação em todas as minhas frases?
Por que peço desculpas sempre que digo o que preciso?
Por que tenho uma postura curvada?
Por que morro de fome, se adoro comida?
Por que finjo que alguma coisa não é importante?
E me magoo quando na verdade quero gritar?
Por que estou à espera
me lamentando,
consumindo-me de tristeza,
fazendo concessões
para ser aceita por outras pessoas?
Vocês conhecem a verdade:
Às vezes o sofrimento
é grande demais.
Os cavalos sentem amor.
Sua mãe tem aspirações maiores.
É mais fácil ser má do que inteligente,
mas isso não é sua essência.

AGRADECIMENTOS

Gostaria de agradecer às seguintes pessoas que leram, editaram e ajudaram *Eu sou um ser emocional* a se tornar uma realidade: Allison Prouty, Amy Squires, Beth Dozoretz, Brian McLendon, Cari Ross, Carol Gilligan, Cecile Lipworth, Christine Schuler Deschryver, Diana DeVegh, Donna Karan, Emily Scott Pottruck, Elizabeth Lesser, George Lane, Golzar Selbe, Ilene Chaiken, James Lecesne, Jane Fonda, Judy Corcoran, Kate Fisher, Kate Medina, Katherine McFate, Kerry Washington, Kim Guzowski, Laura Waleryszak, Linda Pope, Marie Cecile Renauld, Mark Matousek, Mellody Hobson, Meredith Kaffel, Molly Kawachi, Nancy Rose, Naomi Klein, Nicoletta Billi, Nikki Noto, Pat Mitchell, Paula Allen, Purva Panday, Rada Boric, Rosario Dawson, Salma Hayek, Shael Norris, Sheryl Sandberg e Susan Swan.

Agradeço também a Frankie Jones por sua orientação e por acreditar neste projeto e a Jill Schwartzman pelo entusiasmo que dedicou ao livro. E a Charlotte Sheedy por estar ao meu lado há mais de 30 anos, com sua coragem e amor.

Meus agradecimentos a Kim Rosen pelas longas noites em que ouviu muitas vezes meus relatos e a Tony Montenieri pela atenção constante e profunda.

Agradeço ainda a meu filho, Dylan, por libertar meu coração, e à minha mãe por eu ter nascido.

E gostaria de agradecer às jovens corajosas e brilhantes do mundo inteiro, que inspiraram este livro.

Por fim, também gostaria de agradecer a um grupo de mulheres inteligentíssimas, que generosamente ajudaram a fazer uma pesquisa, que algum dia acompanhará este livro.

V – GRUPO DE CONSULTORIA NA PESQUISA DE DADOS
REFERENTES ÀS JOVENS ADOLESCENTES

Lyn Mikel Brown, Marie Celestin, Carol Gilligan, Lynda Kennedy, Kelly Kinnish, Michelle Ozumba, Cydney Pullman, Jule Jo Ramirez, Lillian Rivera, Sil Reynolds, Deborah Tolman, Niobe Way e Emily Wylie.

OUTRAS PESSOAS QUE TRABALHARAM NA ELABORAÇÃO
DA PESQUISA

Yalitiza Garcia, Nicole Butterfield, Maureen Ferris, Lisa Beth Miller, Jennifer Gandin Le, Christopher Gandin Le.

FATO

VII Seu pulmão esquerdo: Department of Health & Human Services dos EUA, National Institutes of Health, National Heart, Lung and Blood Institute, "Diseases and Conditions Index: Lung Diseases: How the Lungs Work" (www.nhlbi.nih.gov/health/dci/Diseases/hlw/hlw_all.html).

17 Uma em cinco garotas do ensino médio dos EUA: Girls Inc. press release, "The Super-girl Dillema: Girls Grapple with the Mounting Pressure of Expectations", 12 de outubro de 2006.

22 Apesar de anos de pesquisa: Douglas Kirby, *Emerging Answers: Research Findings on Programs to Reduce Teen Pregnancy* (Washington, D.C.: National Campaign to Prevent Teen Pregnancy, 2001); Peter S. Bearman e Hannah Brückner, "Promising the Future: Virginity Pledges and First Intercourse", *American Journal of Sociology*, 106 (4) (2001): 859-912; Hannah Brückner e Peter Bearman, "After the Promise: the STD Consequences of Adolescent Virginity Pledges", *Journal of Adolescent Health*, 36 (4) (2005): 271-278.

22 Seis em dez adolescentes americanas: Ellen Goodman, "The Truth About Teens and Sex". *The Boston Globe*, 3 de janeiro de 2009.

28 Na África, cerca de 3 milhôes de adolescentes por ano: Nahid Toubia, *Caring for Women with Circumcision: A Technical Manual for Health Care Providers* (Nova York: Research, Action and Information Network for the Bodily Integrity of Women [RAINBO], 1999).

37 As pesquisas mostraram: Sumru Erkut e Allison J. Tracy, *Sports as Protective of Girls' High-Risk Sexual Behavior* (Wellesley, Mass.: Wellesley Centers for Women, 2005).

60 Quando algumas crianças foram entrevistadas: Sandra Solovay, *Tipping the Scales of Justice: Fighting Weight-Based Discrimination* (Amherst, N.Y: Prometheus Books, 2000).

60 A taxa de mortalidade associada à anorexia nervosa: South Carolina Department of Mental Health, "Eating Disorder Statistics" (www.state.sc.us/dmh/anorexia/statistics.htm).

70 Uma entre três: Alabama Coalition Against Domestic Violence (www.acadv.org/dating.html).

74 As garotas de 13 a 18 anos: Unicef, "Gender Equality: The Situation of Women and Girls: Facts and Figures" (www.unicef.org/gender/index_factsandfigures.html).

81 A Barbie inspirou-se: Russ Kick, *50 Things You're Not Supposed to Know*, volume 2 (Nova York: The Disinformation Company, 2004).

96 Um novo relatório revelou: Save the Children, Especially Vulnerable Children: Child Soldiers (www.voanews.com/english/archive/2005-04/2005-04-25-voa27.cfm).

113 Cerca de cem milhões de adolescentes: International Labour Organization, International Programme on the Elimination of Child Labour, "World Day 2009: Give Girls a Chance: End Child Labour" (www.ilo.org/ipec/Campaignandadvocacy/WDACL/WorldDay2009/lang--en/index.htm).

128 Mais de 900 milhões de adolescents e mulheres: Plan's "Because I Am a Girl" campain, "The Facts" (www.plan-uk.org/becauseiamagirl/thefacts).

Este livro foi diagramado utilizando as fontes Apple Garamond e Helvetica Neue Lt Std e
impresso pela Gráfica Rotaplan, em papel Off-White LD 80 g/m² e
a capa em papel Cartão Triplex Ningboo 250 g/m².